KUWEI
酷威文化
图书 影视

出版禁止

[日]长江俊和／著

王星星／译

图书在版编目（CIP）数据

出版禁止 ／（日）长江俊和著；王星星译. -- 北京：
北京日报出版社，2024.10. -- ISBN 978-7-5477-4987-6

Ⅰ. I313.45

中国国家版本馆CIP数据核字第2024DZ6811号

著作权合同登记号 图进字：01-2024-3450
SHUPPAN KINSHI by NAGAE Toshikazu
Copyright © Toshikazu Nagae 2014
Original Japanese edition published in 2014 by SHINCHOSHA Publishing Co., Ltd.
Chinese translation rights in simplified characters arranged with SHINCHOSHA Publishing Co., Ltd. through BARDON CHINESE CREATIVE AGENCY, Hongkong.
Simplified Chinese translation copyrights © 2024 by Jiangsu Kuwei Culture Development Co. Ltd.

出版禁止

出版发行	北京日报出版社
地　　址	北京市东城区东单三条8-16号东方广场东配楼四层
邮　　编	100005
电　　话	发行部：(010) 65255876
	总编室：(010) 65252135
印　　刷	天津鑫旭阳印刷有限公司
经　　销	各地新华书店
版　　次	2024年10月第1版
	2024年10月第1次印刷
开　　本	880毫米×1230毫米　1/32
印　　张	7.125
字　　数	160千字
定　　价	45.00元

版权所有，侵权必究，未经许可，不得转载

CONTENTS
目 录

序
长江俊和
001

神汤的刺客
若桥吴成
007

值《神汤的刺客》出版之际
长江俊和
195

《神汤的刺客》文库版后记
长江俊和
219

序

长江俊和

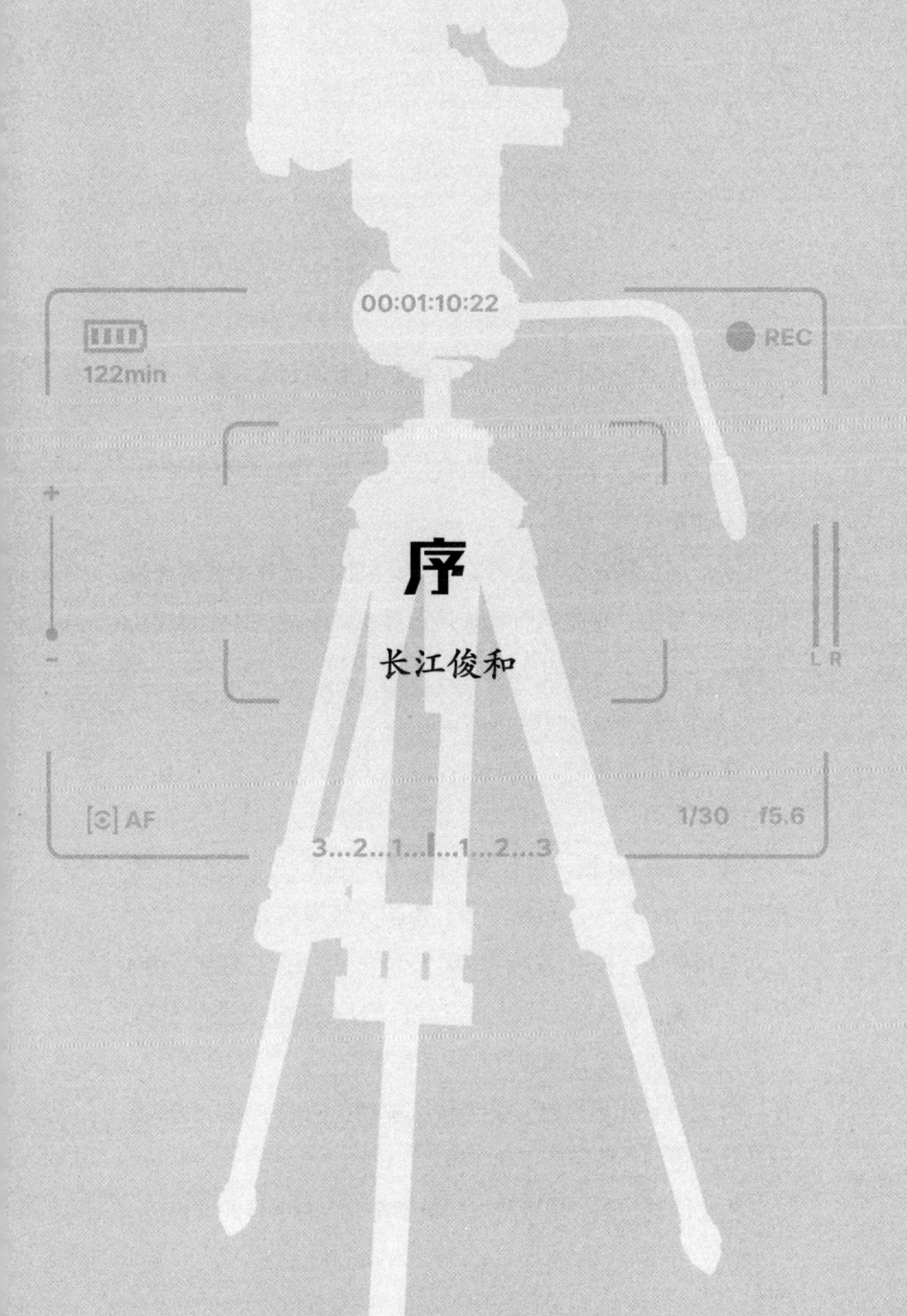

我与这部纪实作品的相遇，缘于出版策划公司的一个朋友说的一句话。

"现在出版界都在暗地里热议一部禁止刊载的纪实报告，你要不要看看？"

这个朋友偶尔会请我看新人文学奖的入围作品或尚未发售的纪实报告，说是想听我谈谈读后感，不过这还是他第一次提起已被禁止刊载的作品。

"我很感兴趣，让我看看吧。"

在我给出这样的答复后，没过几天，打印出来的稿件便被送到了家中。

那是一沓 A4 纸，约有 150 张，用黑色的长尾夹夹着。要是用每页 400 字数的稿纸来算，篇幅大概得有 800 页。作者名叫若桥吴成，报告记录时间从 2009 年 11 月起，延续了约 4 个月。据说，这部作品原定在某综合类月刊杂志上进行连载，后来因为情况有变，刊载计划就此搁置。

它记录了什么内容？又为什么被禁止刊载了呢？我怀着解开封印似的心情翻开了第一页。

报告取消刊载、出版物发售被禁都有各种各样的理由。

序

第二次世界大战前，日本通行一种出版法：出版物经政府审查后，如判定为内容不适当，就会被禁止发售。战后，受日本宪法第21条规定的"表达自由"影响，借由国家公权力实施审查的行为不再受人认可，政府出手禁止出版的现象便消失不见了。

不过，根据刑法第175条规定，涉嫌违反公序良俗的出版物可作为证据没收处理，如确定违反刑法，书籍不予返还，往往即为事实上的禁止发售。

除去法律因素，出版物也可能因其他原因被禁止发售。如在策划出版的过程中发现某些问题，导致出版方主动终止出版发行。

当然了，这种情况并不多见。出版物耗资不菲。如果涉事书籍按发行量印刷完毕，又或是已经在市面上流通，进而发展为召回事件，出版社就会蒙受巨大的损失。为规避此类风险，在原稿和校样阶段，出版社会反复细致地检查内容。

然而，出版社即便已经如此小心，偶尔还是有问题爆发，导致发行终止、主动召回等事态发生。

①过去已有明显类似的作品或文章。
②采写对象或小说原型人物提出停止出版的诉求。
③对某一特定疾病或人种的描述或表达存在误导性。

①即所谓的剽窃问题。据说，在这种情况下，多数案例为，作者隐瞒剽窃事实，将原稿提交给出版社，编辑等相关人员没有发觉，直接将其出版，结果发售后被读者或原作者指出问题，暴露剽窃事实。

②是在明显侵害采写对象（如出版物为小说，则是小说原型人物）个人隐私的情况下发生的问题。发展为人权问题，甚至闹上法庭的案例也为数不少。

③是歧视问题。1975年以前，因歧视性的描述和表达导致出版终止的案例十分多见，不过近年来，此类案例似乎正在不断减少，各家出版社对待歧视问题的慎重起到了一定作用。

即便出版前检查到不能再细致了，出版物依然有可能因无法预料的问题而被禁止发售。

就周刊等杂志而言，在原稿或校对阶段发现问题，就此终止刊载的情况时有发生。事实上，数量庞大的报道在我们毫无察觉的时候就被埋葬了。

我听说，越是具有抢发性质的报道，刊载被禁的概率就越高。这是因为考虑到公布后可能引发的社会反响，出版方会对内容进行彻底的取证核实（可信度调查），如果核实后认为可信度不足，就会放弃刊载。

还有文章因罕见原因而被禁止刊载。

2011年12月，一篇原定在美国与英国的两家科学杂志上对外发表的研究论文，因美国政府的要求而终止刊载。

因为这是一篇由日本与荷兰科学家撰写的与"禽流感"相关的论文，据说美国政府担忧论文成果可能"遭生化武器或恐怖活动滥用"，因此下令暂缓公布（后来世界卫生组织请求刊载论文，全文于是得以公布）。

我收到的原稿基本已经完稿。上个月的期刊都上了连载预告，然而由于编辑部的决定，作品暂缓刊载。

序

这部纪实报告调查了数年前引爆媒体的一桩事件。

作者若桥吴成，1975年出生于富山县，是一名纪实报告作家。

它究竟为何被禁止刊载了呢？个中原因极为特殊，不同于前文提到的任何一个案例。

原因容后再叙。

看完原稿的一刻，我浑身战栗不止。毫无疑问，我从没看过这种类型的纪实报告。它所记载的事情真的在现实里发生过吗……说实在的，我持半信半疑的态度。

于是，通过给我送来稿件的那个策划朋友，我联系到原计划刊载这部报告的综合月刊杂志社编辑部，咨询内容是否属实。我甚至用自己的方式做了调查取证，最后确信里面记载的无疑就是"事实"。

我不能让这部作品就此湮灭在世上。

怀着这样的想法，我努力奔走，希望能让它出版面世。不知不觉间，这部纪实报告已经深深俘获了我的心。

最后，我耗费4年多的时间，终于取得各个相关人士的应允，促成了作品的出版。

书中存在部分不当表达，但出于对作者原意的尊重，内容未做更改。

文中出现的主要采写对象保留原稿里使用的化名，省略了部分尊称。

2014年8月某日
长江俊和

神汤的刺客

若桥吴成

2009年11月4日(星期三)

男女殉情而死为何叫作"心中"呢?

凭《曾根崎心中》《心中天网岛》广为人知的江户元禄时期净琉璃、歌舞伎剧作家近松门左卫门,在其初期代表作《倾城佛原》里如此写道:

> 若如此,便可证明心中的恋慕吗?罢罢罢,那便切了手指。

古时,互相恋慕的男女会将情人的名字文刺在身上,或是取身体发肤的一部分,如头发、指甲,甚至是手指作为信物,以印证心中不可为肉眼所见的恋慕之情。

这样的行为被称作"立心"。其中,"彼此以死守约"的终极手段就被称作"心中"。

死生契阔,与子成说。

心中情意热烈,纵然舍命也要予以证实。发展到此番境地的男女,究竟会做出何等的殉情之举呢?

说来遗憾，在过往的恋爱经历中，我从未陷入过"以死守约"的心境。青春期时确实也萌生过"爱得要死"的激情，但不消说，当然没有真的去死。

读到这则报道的各位，想必基本不会没头没脑地对"以死证爱"的行为产生共鸣吧！当然，能够理解的人或许也有，而现实中，人是否真能为了证明自己的爱甘愿赴死呢，真实付诸行动的人想来也是寥寥无几。

不过"心中"一词已深深根植于现代社会也是无可争议的事实。我们平日看的报纸杂志，版面上题为"全家心中""非自愿心中""心中未遂"①之类的报道也层出不穷。

不过，近来频频见诸媒体的"心中"一词，对比元禄时期，意旨多少已有所变化。

如前文所述，"心中"一词原本起源于"以死证爱"的历史渊源，如今则往往仅代指"带着其他人一起自杀"。

请见下例。

> 2日凌晨4点过后，当地居民发现一对男女倒在埼玉县公营住宅楼前的道路上，随即拨打110报警，然而当事男女其后很快死亡。据埼玉县警方介绍，死者为Y市专科学校的一名学生（18岁）及草加市一名无业女性

---

① "全家心中"即"全家自杀"。"非自愿心中"即杀死并无死亡意愿的其他人后，自己也自杀身亡。"心中未遂"即"自杀未遂"。——译者注（全书同，不再说明）

（18岁），两人存在交往关系。

上月，两人刚从同一所县立高中毕业。数日前，双方在短信来往中透露"没有了未来的目标"。两人沿着梯子，从公营住宅最高的10楼爬上屋顶，自约28米高的空中跳下。埼玉县警方判断此次事件属自杀，正在展开调查。

这是2004年4月的一则新闻报道。两名年轻男女，仅仅出于"没有了未来的目标"这个含糊的缘由便选择了自我了断。报道采用"心中"一词表达二人之死，当中透露了些许"心中"曾经隐含的爱与感情的色彩。

各位应该听说过引发了社会关注的"网络心中"问题吧？它指的是一帮结识于自杀网站的人聚到一起，意图实施集体自杀的社会现象。

他们线上以网名互称，自杀当天才见彼此第一面，在连对方姓名、本性都不清楚的情况下集体自杀。警察厅公布的调查结果显示，仅2005年一年就发生了34起此类事件，死亡人数多达91人。

现代的"心中"，其"以死证爱"之原意似乎已趋淡薄。它是人与人之间因缺乏沟通、心理疏离造成的产物，而非深爱对方，直至"死也甘愿"的恋慕之情。

手机与网络的普及使得"心中"的形态随同我们社会生活的巨幅变动而变化。现代社会是否已不存在曾经的"心中"了呢？

神汤的刺客

以死守约……这样的爱已从世上消失,潜入幻想世界里了吧?

怀揣如此想法的我,就在那一天与她初遇。

我从上野搭乘特快列车,约莫一小时后,在中午 12 点 23 分到达水户站。

这是我第一次来水户。约定的时间是下午 2 点,还有一个半小时。

我走上站台边的台阶,从 2 楼的自动检票口出了站。检票口外连通车站服务楼 2 层。宽敞的大厅通道两边顺次排开外资连锁咖啡店、西点店等商铺。

服务楼外是通往商场和专线公交车终点站的人行道,迎面可见水户黄门①的铜像,家臣阿助、阿格②随侍在侧。我在人行道上走了一阵。明明是午休时间,行人却比想象中少。

我走下人行道台阶,沿 50 号国道往北走了大约 5 分钟,到了约好碰头的店面。

这是一栋缠绕着爬山虎的复古砖砌建筑,店家在门口古色古香的裱框招牌上用意趣盎然的字体写着"哥斯达黎加""巴哈马"等咖啡豆的品种、产地。这里似乎是一家真真正正的咖啡专营店。

---

① 水户藩第二代藩主德川光圀的俗称。
② 阿助、阿格均为日本家喻户晓的电视剧《水户黄门》里的出场人物,全名佐佐木助三郎、渥美格之进,对应的历史原型人物分别为佐佐介三郎、安积澹泊。

我看了眼手表，刚过 12 点 40 分，距离约定的时间还有一个多小时。我决定在附近散散步，打发时间。

下午 1 点 35 分，我回到碰头地点。推开门的瞬间，门铃响起，强烈的咖啡豆香气随之钻入鼻子。店里的陈设和外观一样具有年代感。幸而客人不多，七座包厢里只有个正津津有味地看漫画杂志的上班族和 3 个聊得火热的中年女人。她好像还没到。

我告诉侍应生之后还会来一个人，尽量坐到了远离其他客人的位置上，点了今天店里推荐的埃塞俄比亚咖啡豆。

直到那个时候，我依然半信半疑。

我一直热切期盼着采访一名女性。她是一桩曾经轰动社会的重要事件的当事人。我无论如何都想和她见面，听她讲述那段过往。

我遇到了重重阻碍。事情发生以来，那名女性一直坚决拒绝媒体采访。我找朋友要了她的联系方式，也曾无数次给她发去请求采访的邮件。她只回了我一次，说的还是不想接受采访，拒绝了我的请求。

我不愿放弃，无论如何都想和她见面。不，应该说我必须见她。

"能否请您改变主意，接受采访呢？如果实在觉得勉强，能不能见个面，给我讲讲那件事呢？"后来，我依然抱着祈祷的心态坚持给她发邮件，却再也没收到她的回复。

距离第一次给她发消息已经过去了 2 年，连我自己都觉得太过纠缠不休了。然而大概 10 天前，我又尝试着发去邮件，心想最后再试一次。我告诉她，我还在继续关注那件事，找了相关人士了解情况，采访了各色人等。然后……

我收到了她的第二次回复，内容是"我想见个面，和您谈谈"。

我激动得难以自抑。

她并没有答应接受采访。"见面谈谈"或许是为了正式拒绝我的请求，表露的意思是"我很困扰，请不要再给我发邮件了"。

但无论如何，我都能见到她了。7年前那桩恐怖事件的亲历者，之前媒体怎么邀约都不接受采访的人，就要在这里现身了。我心中激动不已，实在没办法让自己冷静下来。

这件事发生的时候，曾连日霸榜资讯栏目和报刊。然而真相最终未能水落石出。7年后的今天，它基本已被媒体遗忘。

几年前，我受熟人委托，开始调查这件事。我自己对这件事非常感兴趣，这一点将在后文详述。我先认真研读了当时的报道和相关书籍，尽可能地联系了相关人士，听了他们的讲述。然而仅凭边缘信息完全没法了解这起事件的本质。

我希望听到她作为当事者的"直接发声"。当时究竟发生了什么？我想直接从她嘴里听到几乎成谜的事件始末。不知不觉间，我开始觉得，除非采访到她本人，否则我将难以完成这部纪实报告。

就在今天，期待已久的日子终于到来了。

她真的会出现吗？

已经到了约好的地方，约定的时间即将到来，都这个时候了，我依然无法相信自己"能够见到她"。

从事纪实报告写作以来，我有过无数次临近采访时对方爽约的经历。我完全想到了她有可能不守约定。来这里之前，我已经做了承受这种风险的准备……

我的担忧是多余的。

"是××（笔者本名）先生吗？"

下午1点50分——距离约定的时间还有10分钟，一名身穿深藏青色外套的女人开口和我搭话。

我抬头看向站在我面前，面色冷硬、皮肤白皙的女人。她的丹凤眼很有记忆点。不知为何，我竟感到莫名心虚，不由自主地站起身，呆愣愣地回了句"对"。她报上姓名，说自己就是我约的人。

"请坐，我一直在等您。"

听我说完这句话，她依然保持冷硬的表情，微微低头说了句"失礼了"。她脱下外套，坐到我对面。

这是个几乎没怎么化妆，让人感觉十分朴素的女人，然而她无疑是个美女。

她身穿灰色针织开衫搭米色衬衫，黑发扎成一束，肌肤微微发白，鼻梁秀挺，唇形优美。她应该34岁了，然而明明没有特意打扮，看起来却比实际年龄更显年轻，哪怕说是20多岁都毫不违和。

女服务生过来点单。她没看菜单，点了一杯柠檬茶。她自己约在这家咖啡专营店，点的却不是咖啡，让我稍微有点意外。女服务生走开后，她开口说："这个地方是不是挺好找的？"

"嗯，我提前在网上查了。"

"是吗……不好意思，劳您特意来水户一趟。"

"没有没有，是我想见您，当然得由我过来。您住在这附近吗？"

"对。"

她说完垂下视线，似乎想转移话题般拿起杯子喝了口水。我本想不露声色地打探她的住址，结果以失败告终。

我递出名片，再次自报家门。她沉默着接过名片放在桌子一边，看都没看一眼。

我边喝咖啡边打量她。

她的眼珠靠近上眼皮，俗称三白眼，眼型又是丹凤眼。一旦被她注视，我就感觉心里发虚，仿佛心中所想全都被她看穿了一样。

我放下咖啡杯，对她说："谢谢您特意为我抽出时间。"

"哪里……那个，我想问个问题……您是怎么查到我邮箱的呢？"

"我有个朋友是杂志社记者，当初报道过那起事件，他说知道您的邮箱地址，我就找他要过来了。"

"……这样啊！"

她似乎有些失望，说完便垂下眼，彻底沉默了。

我心慌意乱，正待解释时，柠檬茶来了。等女服务员走远后，我对她说："非常抱歉。记者之间平时不会随便交换事件相关人士的联系方式。因为有保密义务，原本几乎不存在透露采访对象的联系方式这种事，是我死乞白赖求过来的。我说无论如何都想知道您的联系方式——"

我说的是事实。我千方百计地想与她取得联系，于是给那个记者付了酬金，问出了她的邮箱地址。

"我想见您，怎么都想和您直接聊聊。"

她依然一言不发，视线落在手边的茶杯上。我端正坐姿，进入了正题。

"请允许我再次向您做个介绍，部分内容可能会和邮件里说的有重复。"

我开始谈起这次采访的意图。

我想告诉世人她经历了怎样的特殊"恋情"，想在如今这个人际交往淡薄的时代，向活在其中的当代日本人发出拷问。

我真诚地一股脑儿地道出采访主题和自己的想法。

讲述告一段落，我喝了口已经不冷不热的咖啡，独特的苦涩味道扩散向喉咙深处。坐在对面的她依然低垂着视线。

片刻后，她轻启形状优美的嘴唇。

"大家都已经忘了吧。我现在再讲那件事，恐怕也没人会看。"

"不会的。您沉默至今，到现在都没回应过任何媒体，所以您的讲述很有价值。再说那起事件……啊，抱歉，用了'事件'这个词。那起事件人们还记忆犹新。那段时间您也曾被媒体的无脑诽谤伤害过吧？"

我缓口气，窥探她的神色。

她沉默了，没有开口说话的意思。我继续说道："您一直以来都过着销声匿迹的日子吧？可那件事都已经过去 7 年了。如果以前的报道和事实有偏差，何不把这次的采访当作一个纠偏扶正的机会呢……"

她没有回应我的意思，依然沉默到底。

"我不是想做对您不利的事。我只是想知道，您在事件发生的那个时候是什么感受，真实的心情是怎样的，然后把只有您知晓的真相讲给大家听。"

"……说实话，我已经记不大清了。"

"没关系。只说记得的部分就可以了。"

"真的忘干净了，连我自己都感觉难以置信……不好意思。"

"一些记忆片段也行。您说自己忘了的事实也行，给我讲讲可以吗？"

我穷追不舍。她不胜其扰般地撩起散落的发丝，再次陷入沉默。是不是惹她不高兴了？过了一会儿，她低喃道："……媒体人都这样吗？"

"……您是指纠缠不休吗？"

"……嗯。"

"抱歉。"

她没有看我，一言不发地端起茶杯，喝了口柠檬茶。

"其他人什么样我不了解，反正我不会对不感兴趣的人纠缠不休。话虽这么说，这大概还是我头一次这么努力地想要说服采访对象。"

"……这种话您经常说吧？"

"不，真的是头一次这样。我不是那种喜欢穷追不舍的人。"

"没看出来。"

她愕然地轻叹口气，盯着几乎没了热气的茶杯看了一阵，随后缓缓开口道："您准备写个什么样的报道呢？"

"是这样。报道计划在综合月刊杂志上连载，我想围绕对您的访谈为中心来写。邮件里提过，我已经在着手调查这件事，也会尽可能地取得其他相关人员的证词。我打算尽量客观地查证这起事件。"

"涉及个人隐私的部分怎么处理呢？如果提到我的名字，我会比较困扰。"

"可以用化名。"

"能不能全方位考虑，不让任何人猜出我的身份……照片之类的也绝不能放。"

"当然没问题。我会严密保护您的个人隐私，不透露您的身份。"

说真的，不能展现她魅力十足的容貌确实让人心怀遗憾，不过她既然提出了这样的要求，那也只能如此了。不能露脸和不用真名本就在我的意料范围之内。总之，现在最重要的是让她答应接受采访。

她提了几个主观性比较强的问题，这是个好兆头。要是她不打算接受采访，大概也不会询问隐私保护方面的事情。

事实上，我之前基本没有像这样直接与被采访对象见面还被拒绝的经历。对方特意赶来见面,说明并非对采访全无兴趣。她也一样,如果真的不想接受采访,觉得麻烦,只要继续忽视我的邮件就可以了。

成功近在眼前,我得再加把劲。

我这么想着,决定把她拿下。

"名字我会起个化名,也绝不让您露脸。我会充分保护您的个人隐私。那起事件体现了日本独有的死亡美学,我想把这个罕见的案例报道出来,给丧失了爱情形式的现代社会敲响警钟,丢出反命题。为此,采访您是不可或缺的一环。我把这次的报道当作自己纪实报告作家生涯里的集大成之作,我会竭尽全力挑战这个任务。"

她依然没有看我,不过应该已经充分感受到了我的真诚。她似是自言自语般低声说:"……知道了。"

我确信自己赢了。她已经"被我拿下"……

然而,接下来听到的话让我发现自己高兴得太早了。

"虽然难以启齿,但我还是想说……我不能接受这次的采访。我不想再去回忆那件事了。还有些话,说出来可能会引起众怒……"

话至此处,她静默片刻,随后清清楚楚地说:"我……不想悔过。"

"不想悔过?"

"我们的行为有悖人伦,就算被世人戳脊梁骨也没什么好说的。但是……我现在依然不觉得自己做错了什么。我不想把它当成一个错误……这么想就相当于否定了自己 7 年前的行为。可要是接受采访，读者肯定都期待我做出反省。我不想说那样的话。"

"我没想让您反省。"

"可要是接受采访，说出'不想悔过'之类的话，肯定会伤害到一些人。所以，我到现在都没有接受任何媒体采访。"

她这么说着，眼睛始终没有抬起来过。

我无言以对。

"我想……我只能终生把那件事藏在心里。请您理解。"

她说完缓缓抬起头。

那双感觉总是含着忧郁的三白眼深深凝视着我。

我几乎要不由自主地陷进她的眼里。与此同时，我实实在在地看清了现实——她明确拒绝了我的采访请求。

是我太天真——

我一败涂地，无所适从地啜饮杯底不到一口的埃塞俄比亚咖啡。

就在这时，她嘴唇微动。

"……这是我来之前的想法。"

我的嘴巴还没离开杯沿，闻言不由得看向她。

她像是逃避我的视线一般把目光调转到桌上，接着说道："但见到您之后，我动摇了。"

"……您的意思是？"

"就像方才说的，我本来已经决定把7年前的那件事永远埋藏在心里。可是……今天听您说了这些，听着听着，我忽然想到——"

她说到这里停了下来。

我紧张得直咽唾沫,等待她再度开口。

"也许……除了埋在心里,把这件事讲给别人听也有它的意义。"

她低着头继续说道:"我的时间一直停留在7年前。我觉得,这或许是个能让时间继续往前走的好机会。"

她说完缓缓抬头,定眼看着我,无比清晰地说:"所以……我想我可以接受采访。"

听到这句话的瞬间,不知为何,我竟然高兴不起来。

我心中油然升起一种感觉——

它莫名地近似于俘获了意中人后无处排解的虚脱感。

就这样,我开始了对7年前那起轰动一时的殉情事件幸存女性,新藤七绪(化名)的采访。

📝 2009年11月5日(星期四)

新藤七绪答应了我的采访请求,前提是"不透露姓名和长相"。

我很快向综合月刊杂志的责编汇报了这件事。

责编听完,立马激动地说要召开编辑会好好讨论。策划案本身还没有正式落定,但现在熊切敏殉情事件中幸存的女性情人同意接受采访,想来没道理不做。

我在家里再次浏览起此前调查得来的资料和报刊上的报

道，边看边思索着接下来的采访计划和纪实报告的写法。我想采取采访日记的形式，按日期划分章节。

　　昨天在那家咖啡专营店，得到她接受采访的允诺后，我又和她闲聊了差不多20分钟，随后离开了水户。

　　当时要是直接就地开始采访就好了。等过段时间，她或许又会改变心意。可她提了自己的想法，说"想调整好心理状态，所以需要一些时间"，改日再正式开始采访。我和她商量了一番，最后把日期定在12日，星期四，正好是一个星期之后。

　　闲谈间，我掌握了她的一些个人情况。她现在住在水户市近郊的老家，没有正式工作，靠打工维持生计。我还要到了她的电话号码。

　　差不多也该讲述新藤七绪经历过的那起事件了。

　　很多读者应该都知道7年前在杂志、资讯栏目上闹得沸沸扬扬的熊切敏殉情事件吧。但要说起事件的详情始末，恐怕大多数人都一无所知。年轻的读者中可能还有人第一次听说这件事。

　　我想，就是对这些人来说，回顾事件始末也并非徒劳无益。

　　2002年10月17日清晨，山梨县××町某栋出租别墅的房间内发现一对陷入昏迷状态的男女。二人很快被送到医院，

男方始终意识不清，于 8 小时后确认死亡。二人均服用了大量安眠药。经司法解剖鉴定，男方的死因为安眠药导致循环衰竭，由此引发的呼吸停止。女方其后恢复意识，保住了性命。

死亡男性为纪录片制作人熊切敏（时年 42 岁）。恢复意识的女性是熊切敏的秘书兼情人新藤七绪（时年 27 岁）。

熊切原为一家民营电视台的栏目编导，是曾在 20 世纪 90 年代为世人奉上多部纪录片佳作的影视作家。

1997 年离开电视台后，他仍然接连推出诸多引发热议或针砭时弊的作品。发布于 1999 年，探究世界能源问题的《死锤》，将各国能源特权的真实情况与大企业的阴暗一面公之于众，获得了阿姆斯特丹国际纪录片电影节的特别奖。

《死锤》发布同年，熊切与女演员永津佐和子（时年 33 岁）结婚。即便这属于个人私事，却也引发了媒体动荡。

19 岁时被选为日美合拍大片女主候选人的佐和子，凭其美貌与演技不断刷新履历，在众多电视剧和电影里担当过主演。

据说，熊切亲自操刀了一档与佐和子有密切接触的纪录片栏目，他们由此相识，然后开始交往。两人亲密无间的姿态多次登上资讯栏目和女性周刊杂志，获评神仙眷侣。然而夫妻俩这样的生活却因熊切"与情人殉情自杀"的意外之举落下帷幕。

事件发生当天，最先在别墅里发现两人陷入昏迷的是森角启一（化名），他在熊切任职董事长的影视制作公司"熊切企业"担任制作人。

出版禁止

　　2002年10月16日，森角接到佐和子来电，说"熊切给我发了短信，他好像有自杀的意图"，于是赶到熊切位于目黑的住宅。事实上，从几天前起，熊切就没在公司露过面了，森角也联系不到他。如果佐和子收到的短信属实，那森角必须立刻赶到熊切身边阻止他自杀。然而熊切没有在短信中提到自己身在何处，手机也关了机。森角与公司员工一起搜寻熊切的去向。他找遍了所有可能的地方，不过当天没能查出熊切的所在地。

　　第二天早上，森角去了山梨。熊切在山梨县××町的别墅区里租了栋别墅，他曾为了撰写脚本来过这里几次。

　　森角的预感应验了。他在别墅里发现了意识不清的熊切与新藤七绪，少了差不多三分之一的一升装烧酒瓶、杯子、装安眠药的纸袋和药片板大量散落在四处。森角立刻拨打了消防和报警电话，昏迷的两人被送到当地的急救医院。

　　警方通过搜查，在别墅现场发现了熊切的亲笔遗书和记录了殉情全过程的录像带。

　　熊切在被人发现的8小时后，即下午5点过后停止呼吸，被确认死亡。

　　3天后的10月20日，昏迷的新藤七绪恢复清醒。

　　第二天，也就是21日，等新藤七绪状态稳定后，警方找她询问事件详情。刚开始，她固执地缄口不语，然而得知警方扣押了在别墅发现的遗书和录像带后，她供述出自己和熊切差不多一年前开始了婚外恋关系的事实，进而承认了两人决意实施早前计划许久的殉情。

别墅里发现的证据，新藤七绪的供述，物证及证词证实熊切具有明确的自杀意图，警方判断这起事件为"殉情自杀"，考虑到无犯罪性质，最后未予刑事立案。

新藤七绪在距离事件发生约一年前入职熊切企业，作为能力出众的美女秘书备受好评。然而口碑良好的她却与熊切越界发展出了婚外恋关系。

熊切与新藤究竟为何决意"殉情自杀"呢？

别墅里发生了什么？

各家媒体大力报道了知名女演员的丈夫，意气风发的影视作家熊切敏的婚外殉情事件。在此摘录当时杂志的部分报道内容。

特讯！随爱逝去！！独家直击永津佐和子之夫、"天才"纪录片作家熊切敏亲笔遗书！！婚外殉情之谜的真相为何？！

本月17日，在可观赏名峰南阿尔卑斯山的绝佳山景别墅区内的某栋别墅里，影视作家熊切敏（42岁）吞入大量安眠药，自杀身亡。

熊切敏为世人奉上过多部纪录片佳作，同时也是女演员永津佐和子（36岁）的丈夫，他突如其来的殉情之举轰动了整个日本。令人惊愕的是，一同殉情的对象为其秘书A女士（27岁）。

如此看来，熊切的死属于婚外殉情，这无疑是对其妻永津佐和子的背叛。

出版禁止

　　据了解，熊切的殉情对象，其秘书兼情人Ａ女士如今仍在住院观察，我们无法听取她的讲述，不过本刊通过特殊渠道获得了熊切的亲笔遗书。特在此公开遗书全文。

　　这是一封笔力遒劲的遗书，听闻是熊切拿惯用的钢笔写在了崭新的白色便笺纸上。据了解，这封遗书当时就放在与心爱的女人共赴黄泉的熊切身旁。

　　我不准备写下寻死的原因。无论哪个时代，人的生命终结时都没有原因。

　　我们违逆天道，决定结束生命。

　　我们只不过是彼此相爱而已。她被我吸引，我迷恋××（此处为Ａ女士的名字），仅此而已。享受与相爱之人同生共死的快感，这是极为理所应当的自然法则。

　　我和她无论如何堆叠情欲，如何做到身体几乎融为一体，贪婪地索求彼此，我还是看不到。是什么呢？心……

　　我渴望看到人的内心。

　　仅此而已。

　　我深知这么做会给与我们有关的各位人士造成巨大的麻烦，但我们决心已定。即便与世界为敌，我也要随爱逝去。

　　我只是跟随自然法则枯朽腐烂罢了，正如迷失荒漠的无名蝼蚁留下的尸骸……正如曾经极尽荣华的亡国巨城。

　　　　　　　　　　　　　　　　　　　　　　　　熊切敏

"违逆天道""随爱逝去"。

熊切留下如此遗言，真真切切地为自己的人生按下停止键，就此成为不归之人。

警方公布的调查结果显示，别墅现场还发现了熊切自己拍摄的录像带，里面一五一十地记录了殉情的全过程。我们尝试协调警方，但因"基于遗属意愿，录像带将不对外公布"，我们没能看到那卷录像带。

在熊切任法人代表的熊切企业担任制作人的M是现场的第一目击者，他这样讲述当时的景象："我刚走进别墅，一眼就察觉情况不对。餐桌上有呕吐物，装安眠药片的药板散落得到处都是。他俩在里面的和式房间紧抱在一起睡着了，怎么摇都摇不醒。我心想完了，赶紧叫了救护车。"

然而奋力抢救也是枉然，熊切在医院停止了呼吸。

婚外恋走到尽头发生的悲剧。他们两人究竟为何选择了殉情呢？

背叛妻子，被不容于世的爱情折磨，最终走向的结局——

这就是"心中"吗？

熟知国外新闻行业的媒体评论家唐泽悟这样说道："熊切是一名影视新闻工作者，他总是在打破纪录片的边界。他充满攻击性的先锋姿态造就的种种作品，就算称之为影视新闻的革命成果也不为过。他的表达手法里潜藏着甚至能引导社会走向变革的恐怖可能。国外的评论家们才刚刚注意到熊切的才华，他却离世了，可惜，实在是可惜。这显然是纪录片行业的一个重大损失。"

熊切的妻子永津佐和子如今到底作何感想呢？

本刊向她所属的经纪公司发出了采访邀请，遗憾的是得到了"事发突然，心情尚未平复，现在不想做出回应"的答复。

女演员永津佐和子失去了曾经最爱的丈夫熊切，且丈夫还是与情人殉情自杀而亡。如今，遭遇背叛的妻子独自待在没了丈夫的家里，她究竟会想些什么呢？

事件发生当初，绝大多数媒体都像这篇杂志文章一样，报道熊切的死是婚外恋殉情，把焦点对准在天才影视作家与其秘书发展到决意殉情地步的婚外恋故事，以及遭到背叛的知名女演员妻子有何动向上。

然而另一边，也有报道对这种婚外恋殉情的解读唱反调。

一些周刊杂志和晚报相继刊载耸人听闻的报道，主旨思想都是说熊切殉情是"伪造"，他实际上可能死于他人之手。

熊切制作的很多纪录片确实赤裸裸地揭示了社会的阴暗面，他为此树敌众多也是事实。

前文提到的《死锤》径直炮轰各国一流企业，《日出之国的遗言》透彻地揭露了日本的政治腐败现象，《INU》以探究一桩悬而未决的杀人案真相为脉络，朝腐败的警察机关捅入尖锐一刀。每部作品的特点都在于逼近现实中的人与集体身上存在的疑云，猛烈攻击采写对象。

报道熊切敏事件的各家媒体中，甚至还有媒体怀疑殉情实为暗杀，指出或许是暴力团伙、右翼势力，最后其联想还发展到海外黑手党、军火贩子之类的违法组织，说或许是他们暗中操纵了这起事件。

当然了，这些报道没有提出确切的线索或证据，都是荒谬无稽的臆测。事实上，现场留下了熊切的亲笔遗书，警方也发现了拍下殉情全过程的录像带。

"亲笔遗书"与"录像带"，因为有这两样表明熊切具有自杀意图的重要物证，熊切的死没有立案为刑事案件。

殉情事件过去一个多月后，2002年12月，永津佐和子在事件发生后首次接受了媒体采访。以下是刊载在某女性杂志上的访谈节选。

> 我到现在还无法相信丈夫自杀了这个事实。他有家人，正在取材的纪录片和计划制作的题材还堆积成山。所以我根本无法想象熊切会做出自杀这种愚蠢的举动。他不可能主动按停自己的时间，他总是在展望未来。

这是永津佐和子对熊切事件发表的唯一评论。从这篇访谈可以看出，她也和部分媒体一样，怀疑殉情自杀是假象，认为熊切可能是因某种原因遭到了杀害。

或为真相唯一知情人的新藤七绪在事件发生两个月后出了院，之后依然拒绝媒体的采访请求，没有就殉情事件发表任何言论。

事件发生之初热度爆棚的媒体报道也随着时间的流逝渐渐趋于平息。如今已过去了7年。

以上便是新藤七绪经历的殉情事件全貌。

在此提及个人私事有些不好意思，其实熊切敏创作的作品也给我带来了深远的影响。我之所以与熊切一样投身新闻世界，就是因为学生时代偶然在电视上看到了他的纪录片栏目，深受冲击。

我被熊切的作品吸引的最大原因，在于他的先锋影像与导演技能不断地打破常识和既有概念。

有熊切的代表作之称，国际评价也很高的《死锤》，将全球变暖与核能发电等世界规模的能源问题定义为46亿年地球史的其中一章，成就了一部影像叙事诗，熊切在这部作品中运用了多彩多样的导演技术。

《死锤》虽然是纪录片作品，却引入了音乐MV式的编排和动漫画面，不留余地地讽刺人类反复破坏环境的愚蠢行径，巧妙地表达了对于地球环境遭到破坏的警醒，以及对生活在这个星球上的生命的赞美。庄重肃穆的影像和音乐震撼人心，观者当中流下热泪的人也不在少数。

《死锤》的冲击力远远超出了影视作品的限制。它刚在海外电影节上获得奖项就引起世界热议，欺瞒行径遭到揭露的各国大企业股价立刻暴跌。在东欧某国，以环保组织为核心，民众钏对纪录片曝光的政企勾结一事发动暴乱,最后甚至发展成为社会问题。

第二次世界大战后,日本的政治腐败问题一直是无人触碰的禁忌,《日出之国的遗言》直面这一禁忌,未上映前已被视作问题作品,在影院配备警察人员维稳的戒严态势下对外公布。部分政治评论家分析认为,这部作品是翌年众议院解散及重新举行大选的引爆剂。

在凸显警察机关问题的《INU》中,熊切在采访时故意用侮蔑警察的言行发起挑衅,然后因妨害公务罪之名遭到逮捕。他进而在片中曝光了自己真实经历的拘留所待遇,审讯室里赤裸裸的真实状况,成为热点话题。

熊切总是打破我们的预期,不断创造出革新的纪录片作品。

如前文所说,我是因为熊切才进入新闻行业的。我没见过他,但他无疑是令我的人生发生巨变的"引路人"。

因此 7 年前,通过电视上的突发新闻得知熊切自杀的那一刻,我简直怀疑自己是眼花了。我希望这是个糟糕的玩笑,但它不是。

熊切敏究竟为何沉溺于出轨的世俗行为,最终走向了死亡呢?无论是当时还是现在,可以说,我完全理解不了他选择"殉情而死"这种"结局"是出于何种心境。深谙熊切众多作品的我真的无法理解。

得知殉情事件发生后,我甚至都没想过写"熊切敏殉情"的相关报道。我想,就算当时搜集事件素材,我也无法保持客观。

然而，差不多2年前，我接受了来自朋友的委托。

"有人想知道熊切敏死亡的真相。如何，你要不要试着揭开真相？"

朋友告诉我，委托人的身份无法透露，但那人说可以给予一定的费用支持。

听完，我考虑了一阵。

熊切之死尚未真相大白，殉情事件的影响正在逐渐淡化。如果继续这样下去，他肯定会从人们的记忆里完全消失。我想知道熊切是为什么死的，这也是我自己的殷切期望。再者和事件发生之初相比，我作为新闻工作者的专业技能也有所长进，在某种程度上应该能够做到客观采写。或许我就是无法逃离解开熊切死亡真相的宿命。这么想着，我便接受了委托。

回过神后才察觉，毫不夸张地说，这已经成了我为之赌上职业生涯的毕生事业。

就这样，我开始"解密"熊切敏殉情事件。

首先我尽量抛开先入为主的观念，浏览了当时报刊上的报道。然而无论看多少遍，我都无法从报道中理解熊切选择殉情自杀的心境。一个疑问逐渐黏附在脑海里，挥之不去。

熊切确实是被杀害的吧？

如此一来，一切都能解释得通。正如前文引用的杂志报道中，熊切之妻永津佐和子的评论所言……

> 我根本无法想象熊切会做出自杀这种愚蠢的举动。他不可能主动按停自己的时间，他总是在展望未来。

因为有亲笔"遗书"与"录像带"两大证据，警方断定"发生了自杀殉情"，没有作为刑事案件予以侦查。然而，遗书可以伪造，录像带的内容并未公开。或许，"详细记录了殉情过程的录像带"根本就不存在。

越看报道，我就越无法从脑海里拂去自己的怀疑：会不会有人伪造了证据，殉情会不会是"伪造"的呢？

如果真是这样……

作为同属新闻行业的一个小人物，我无法原谅罪犯的所作所为。有人"以死亡的方式"堵住了熊切敏这个天才纪录片创作者的嘴——这种事绝不该发生。

我自认为的想法当然是禁忌。也许正如警方判断，熊切是出于自己的决定，选择了"与情人殉情"这一人生结局。

如果这就是真相……我必须探究清楚的是，熊切决定走到殉情这一步的心路历程。

熊切究竟为何要"违逆天道""随爱逝去"呢？

身为一介俗人，我大概怎么都无法理解他的选择，但我必须知道内情。如果熊切是为了和新藤七绪的爱情了结了生命，那么对他的心境加以解读，让所有人都能明白，就是我接下委托撰写这个题材应尽的职责。就算为了这个理由，我也得让真相大白于天下。

　　熊切敏是遭人杀害的吗？还是他自己选择了死亡呢？

　　无论哪种情况，新藤七绪都是唯一知晓真相的人。

2009年11月12日（星期四）—11月13日（星期五）

　　下午1点31分，我再次踏上了水户的土地。

　　走出检票口，我在大厅沿水户黄门铜像所在的人行道往反方向走向南出站口。从南出站口离开车站服务楼后，立刻就能看到紧邻的城市酒店。

　　下午1点40分，我走进酒店一楼大堂的会客厅。

　　这是工作日的下午，会客厅里客人稀少。我请引导的服务生带我去离其他客人尽量远一些的位置，最后坐在了最里面靠窗的座位上。

　　离约定的时间还有大概15分钟，我感到有些冷，就点了一杯热姜汁，等待七绪的到来。

　　我把目光投向窗外，眺望种植着行道树的人行道。

　　新藤七绪会如约现身吗？8天前，她说愿意接受采访。我祈祷她不要变卦。

　　距离约定时间还有5分钟时，我看到出现在酒店大堂的新藤七绪，心里松了口气。

　　她穿着牛仔裤、深棕色羽绒服，脸上的表情和上次一样，隐约透出冷硬。她脱下外套落座后，我开口说："百忙之中打扰您，实在不好意思。"

"哪里……反倒是我，又一次劳您大老远过来……我去东京也行。"

"不不，用不着这么麻烦。那今天您时间方便吗？"

"嗯……方便。这方面您不必顾虑。"

她说完，对过来点单的服务员要了柠檬茶。

这是我与新藤七绪的第二次会面。

她的表情依旧生硬，视线落在桌子上。阳光透过窗外行道树间的缝隙照射进来，令她的黑发泛起光泽，容貌显得更加突出。

我为她逸散出的不可思议的魅力心荡神摇。

为了缓解双方的紧张感，我先和她闲聊了片刻。过了一会儿，她点的柠檬茶送到了。我告诉她，"为了保证准确性"，我会对采访过程进行录音，随后就从公文包里拿出IC录音机。

"那我们开始吧。您看可以吗？"

"好的。"

"我将针对7年前的那起事件向您提问。事先声明，我可能会问一些冒昧的问题，还请您原谅。"

"……好。"

她稍微加重了语气。

"当然，如果有些问题您不方便或者不想回答，也可以不作回应。"

我说完，喝了口装在玻璃杯里的热姜汁，润了润嗓子。

出版禁止

我打开放在桌上用来做记录的笔记本,对坐在对面的七绪说:"那我们现在开始。"

下午 2 点 20 分,对新藤七绪的采访正式开始。

🎤 新藤七绪·第一次采访·录音

Q:首先请您说说是怎么成为熊切敏秘书的。

——熟人介绍的。

Q:熟人是什么人呢?

——我认识的一个人,碰巧是熊切的亲戚,他把我引荐到了熊切的公司。

Q:在那之前,您是做什么的呢?

——这个……(思考了片刻)说起来不太好意思,我有个目标,或者说梦想吧,我一直在为那个梦想而努力。然而有一天,我发现自己没有那方面的天赋……于是就放弃了,想着去找个工作。

Q:是什么样的梦想呢?

——对不起,实在太丢脸了,我说不出口。

Q:您进入熊切企业,一开始的职位就是秘书吗?

——是的。我和先前那个熟人说自己在找工作,他就给我介绍了熊切企业。他说熊切的秘书碰巧刚离职,我就请他务必帮忙介绍。

Q:您之前有过秘书的从业经历吗?
——没有……但我做过类似的工作。

Q:您之前听说过熊切吗?
——当然。我看过他的一些作品,他很有名。刚开始我还特别不安,不知道自己能不能胜任这个职位。

Q:您作为秘书,平时主要都做些什么呢?
——安排行程,再有就是帮忙谈演出费、整理脚本之类的。

Q:听说您曾与熊切交往,这是事实吗?
——……嗯,是的。确实交往过。

Q:你们为什么会变成这种关系呢?可以说下具体的经过吗?
——……这个问题很难回答。对我来说,熊切曾经是立在云端,难以接近的人物。但真的作为秘书与他密切接触后,我逐渐看到了他的许多面……他确实是个伟大的影视创作者,但说实话,在为人处世方面,他也有很大的欠缺。因为了解了他的缺点，我似乎也得以深入触及他天才的另一面……渐渐地，他从令我憧憬仰望的对象……怎么说好呢，就是……逐渐变成了一个可爱的人……

Q：熊切在为人方面的缺陷，具体是指什么呢？
——……我不能说。事关他的名誉，抱歉。

Q：交往是谁提出来的呢？
——应该是我先对他产生了超出工作关系的好感。但我本打算把对他的喜欢一直藏在心里。我心想，他已经结婚了，而且也不可能看上我这样的人……可即便没说出口，他大概也察觉到了吧？熊切接受了我的心意，我们不知不觉就成了那种关系。

Q：熊切已经结婚了，您如何看待这件事呢？
——我当然知道这样不好。他的妻子长得漂亮，又有能力，是一位非常出色的女性。单纯从为人的角度看，她也很值得尊敬，无可指摘……因此，在和熊切发展出这种关系这件事上，我感到非常对不起她。可是……我对熊切的爱慕战胜了对他妻子的愧疚。我深深地意识到自己的所作所为有违人伦，但我已经回不了头了。

Q：熊切与佐和子夫人的夫妻关系是否出现了某些

问题呢？这个您了解吗？

——应该没什么问题。夫人是名演员，每天都很忙碌，但即便如此，她作为妻子，一直在给予熊切支持。我想，对熊切来说，他的妻子就是他的最佳拍档。他们两人既是夫妻，也是志同道合的战友。是我在他们中间横插了一脚。

Q：您有过逼熊切离婚的举动吗？

——没有。我几乎从不和他聊起他的妻子。我不太想听，他也不怎么愿意说。有关他妻子的事，在我们之间就像是个禁忌话题一样。

新藤七绪如实回答了我的问题。

我能感受到，对于一些比较冒犯的问题，她也认真接纳，尽量配合我的采访。

然而一旦涉及熊切的妻子，大概是因为心存愧疚吧，她的眼神总会黯淡下去。

Q：殉情这件事最开始是谁先提起的呢？

——熊切。

Q：可以告诉我当时都发生了什么吗？

——距离殉情大概一个月前，当时熊切手头没有具体制作的项目，日程罕见地空出了一段时间。他平时总

出版禁止

是很忙，这下大概陷入怅然若失的状态了吧，也没有着手启动接下来的策划工作。就是在那个时候，他向我提出了殉情的想法……

刚开始我以为他在开玩笑，因为他笑着问我"要不要一起去死"。我回了一句"你在说什么胡话"。结果他一下子呜呜哭了起来……然后，我听他在那儿讲述，听着听着，便明白他是认真的……

Q：他究竟为什么会说出这种话呢？
——……我当时也不太理解。可能现在我依然不太能理解。他为什么想和我一起死呢……

Q：您没问熊切吗？
——嗯，没问。大概是问不出口……很奇怪吧，都要一起死了，却没问清楚原因……但我可以猜得到。熊切那时特别苦恼，因为公司，还有作品之类的……

Q：他的事业发展得挺顺利啊！
——表面上看或许是吧，但实际上熊切企业背了很多债，内部已经捉襟见肘。熊切因此无法启动自己本来很想做的作品，完全失去了从事导演工作的热情。生活中又有我严重搅乱了他的人生。事情已经过去了7年，现在我能够客观判断出来……熊切真心爱着他的妻子，即便和我交往之后，他依然一直爱着他的妻子。

我先前也说了，佐和子无论在当演员还是为人方面都是非常出色的女性。作为影视创作者熊切的伴侣，她也无可取代。但我却硬生生插进两人之间。对我这种人，熊切也爱得认真。我觉得，他同时爱着两个女人。他会不会是因为无法再承受这种矛盾了呢……

Q：可即便如此也不必寻死吧？
——熊切是个敏感细腻的人。正如我先前说的，他应该每天都被同时爱着两个人的自我矛盾感所折磨。我也一直陷在两种截然相反的情绪里苦恼不已，一方面对佐和子怀着负罪感，另一方面又不想失去熊切。

Q：他提出自杀殉情的时候，您是怎么想的？
——一开始当然是拒绝了。我当时才20多岁，想都没想过死这回事。可过了几天，我突然想到，要是熊切独自结束生命，从这个世上消失的话，我该怎么办呢……想到这里，我觉得特别害怕，身体止不住地颤抖……失去熊切以后的人生会如何，当时的我想都不敢想。如今想想，我那时要做的应该是扭转他殉情的想法，但那时的我就像着了魔一样，于是就……

Q：于是就准备接受他的提议吗？
——嗯……因为我不想和他分开，而且……我不知道该不该说这种话……但总之，他选了我，说不开心是假的。我心里某个地方在说,"我赢了"……

  Q:赢了?赢了谁?
  ——他的妻子,佐和子……

七绪静静地说完,缓缓垂下视线。
我似乎第一次从她眼眸深处窥见了身为女人的"恶意"。

  Q:第一次殉情是在那栋别墅吗?
  ——不,之前还有一次,我们准备在东京都的酒店里殉情。熊切说想效仿阿部定[①]……

  Q:阿部定?那个……是要切下身体的一部分吗?
  ——(脸红了)不是,效仿阿部定不是这个意思……据说阿部定在殉情时,与情夫互勒脖子。熊切说想效仿他们。我们试了很多次,想像阿部定一样,互相勒对方脖子,窒息而死……可实施起来却不怎么顺利……把对方勒到断气这种事太恐怖了,我们坚持不到最后……所以就必须想点其他的办法,我提议吃安眠药自杀。
  我忘了从哪本书上看到的,说是同一种安眠药即便

[①] 日本昭和时代震动全国的刑事案件主人公,在与情人交合后勒死对方,并切下了对方的生殖器。

服用过量，但只要吐出来，人就不太可能会死，但如果混合几种不同成分的其他药物，和酒一起吞服，即便服用量很少，人也会因此死亡……我们就去了几家不同的医院，谎称有睡眠障碍，收集了几种不同类别的安眠药。

Q：然后就准备在山梨县的那栋别墅里自杀吗？
——是的。

Q：选择那栋别墅作为殉情场所的是谁呢？
——熊切。他要完成长篇脚本的时候，曾经在那里住过几次。那是他租的别墅，在森林里面，很安静……他说在那里不会受到任何人的打扰，可以安宁地迎接死亡……

Q：你们去那栋别墅之前，没告知任何人自己的去向吧？
——嗯。在酒店实施殉情失败后，过了大概有10天吧。那天我们吃完饭回家，路上熊切突然说"明天去山梨县"。于是第二天一早，我们带上收集的安眠药，开他的车去了山梨县。

Q：从抵达别墅到决定实施殉情，中间大概过了多少天呢？
——第一天到别墅后，我们都很疲惫，几乎没干别的，直接睡过去了。第二天我们睡到快中午才醒，起来后也只是出门买了点食材。再往后，我们出门也就是在周围散散步，基本上都窝在别墅里，不分昼夜，就是醒醒睡睡。

窗外可以看到湖泊，有时我们一句话都不说，连着好几个小时盯着湖面看。那段日子几乎感觉不到时间的流逝，后来才发现就这样过了差不多4天。

Q：听说你们在别墅拍摄了影像，是真的吗？

——是的。熊切总是随身携带用来拍素材的摄像机。在别墅里的时候，他也一样，有时拍我，有时还把摄像机给我，让我拍他。

Q：那段影像很珍贵啊，录像带现在在哪里呢？

——这个……（略做思考）听说被警方作为事件证据扣押了，不知道现在在哪里。

Q：你们曾经提过放弃殉情这种话吗？

——没……没这么说过。对了……但有一次，我产生了逃走的念头。那天，我一个人很早醒来，看到窗外太阳初升时湖畔的景色，我看着晨雾笼罩下美丽的湖面，不知怎么的，突然热泪盈眶……我不是害怕死亡，而是想到家人，开始怀疑我们这么做是不是错了……那一瞬间，我的脑海里涌起一个念头：干脆趁他熟睡的时候离开这里吧……

但我最终没有逃走……做这种事无异于背叛他的爱，那不是我想要的。

Q：于是 10 月 16 日，你们决定自杀殉情。或许回忆这件事会让您痛苦，能尽可能详细地告诉我当时发生了什么吗？

——好，那天……我记得在下雨。熊切突然在一张新的便笺纸上写起了什么。很快我就知道了，他是在写遗书。这一刻终于来了，我这么想着，目不转睛地凝视他的背影。然后他说："打开摄像机吧。"我就拿出摄像机，拍下了他写遗书的场景。

写完后，他沉默着，把刚写好的遗书递给我，问我能不能看一下。我说好，就看起了遗书。

看着看着，我的眼泪夺眶而出。当时我的想法就是实打实的"死也甘愿"，因为我感觉那封遗书就是写给我的情书。看完后，熊切和我上床了。我心想，这或许是最后一次被他拥有了。

事后，我们一起洗了个澡，换了衣服。雨不知什么时候停了，夕阳渐渐从树荫缝隙间照射进来。

我们走进庭院，熊切坐到折叠躺椅上，再次让我拍他。我把镜头对准他，他开始讲述自己的遗言。

Q：遗言的内容是什么样的？

——他平静地讲述了自己结束生命的原因。

　　Q：具体说了什么呢？
　　——我记得不是很确切……（思索片刻）大致是说爱有很多种形式，既有养儿育女这种真挚的爱，也有仅仅向往毁灭的爱。但堕落的爱也是爱，当中的终极快乐，只有真正经历过的人才可以体会得到。

她的眼里隐隐泛出泪光。
　　讲述完熊切的遗言后，她从包里取出手帕覆在眼睛上，俯下身子，肩膀一抽一抽。等她恢复平静后，我继续发问。

　　Q：拍完熊切的遗言后，你们做了什么呢？
　　——天色已经暗下来了，我们就进了别墅。熊切对我说："开始吧。"我就拿出了事先准备好的几种安眠药。我把烧酒倒进玻璃杯，混入安眠药。药粉很快就溶解了，但药片不好溶解。我们就拿搅拌棒细细地捣，总算弄到能喝的程度了。熊切全程一直在拍我。
　　混好安眠药后，熊切把摄像机放在桌上，坐到我旁边。我不知为何颤抖不止。其实从溶解安眠药的时候开始，我就在颤抖了。熊切安慰我说没关系，紧紧地拥抱了我。可我的颤抖还是没有平息，泪水也连连涌出，我无法控制自己的情绪。
　　熊切抱了我好一会儿。不知不觉就到了晚上。

我没有任何停止颤抖的迹象，熊切在我耳边说："今天就算了吧。"我仍然颤抖着，无力给出回应。他抛开妻子，抛开名声，也要把我们的爱践行到底，而我却不能回应他的爱。我无比厌恶没用的自己。

　　熊切选择了我，而不是佐和子当他永恒的伴侣……我却不能回应他的这份爱，我就是个没能守约的蠢女人。当时，我脑海里回响着一个声音，那个声音在讥讽、愚弄、咒骂、嘲笑我。

　　我想，不，不是这样，我也可以。不对，是只有我才可以。如果说我们的殉情是他最出色的杰作，能促成作品完工的就只有我。全世界只有一个人可以，就是我……这么想着，我就拿起玻璃杯，一口气喝了个干净……

她的眼里开始涌出泪水。

她用手帕按住眼睛，但泪水还是没有止住的迹象。周围的客人侧目窥视我们这边。我还攒了一大堆问题要问，但看今天这个样子，继续采访下去可能太过勉强。

等她止住情绪后，我开口说："谢谢您的配合。今天就到此为止吧。"

"……好的。不好意思。"

她抬起哭红的双眼看向我。

不知何时起，窗外照射进来的阳光已经泛出红色。时间是下午 3 点 50 分。我的采访历时 1 小时 30 分。

下午4点多,我走出会客厅。

我和新藤七绪走在两边种着银杏的国道上,准备一起去吃个饭。

走了一阵后,她似乎恢复了几分平静。

她带我去了一家开在闹市,装修成古朴农家风格的荞麦面店。我们就着炸什锦,尽情享用当地特产的雾筑波酒。

我一边吃饭,一边坦陈自己受了熊切多大的影响,畅谈熊切作品的魅力。她听着我对熊切的了解,惊讶得瞪圆了眼睛。

我讲完后,她也告诉了我一件事。其实自7年前发生那件事后,她的身体一直不是很好,如今还因殉情自杀造成的后遗症饱受折磨。因此,她无法如常人一般工作,兼职也辞了,一直待业在家。这么看来,她白皙的皮肤倒也像是身体抱恙所致。

聊了差不多一个小时后,我们走出店门。我和她走到水户站,约好了下次采访的时间,便在车站前分开了。

下午6点多,我飞奔进开往上野的特快列车,返回东京。

回家途中,综合月刊杂志的责编打来电话,说刊载报告一事已在编辑会议上正式落定。这是"新藤七绪"首次亮相媒体,想必会造成相当巨大的轰动效果。责编说,刊载时间等采访进行到一定程度后再定,报告会分期连载。

我联系了建议我做这个题材的朋友,和他说了目前的进展。

熊切敏殉情事件的揭秘工作向前迈进了一大步。

回到家，我立马开始整理今天的采访资料。

她的证言与我事先看过的事件相关报道等资料并无明显出入。我一直仔细观察着她在采访过程中的措辞和应答，没看出她有隐瞒或欺骗我的意图。

我在本次采访中新得知的信息大致有如下四点：

①提出殉情想法的人是熊切。
②在别墅实施殉情之前，他们两人曾有过一次殉情未遂的经历。
③准备安眠药的人是新藤七绪。
④先行喝下混有安眠药的烧酒的人是新藤七绪。

尤为引起我注意的是第四点，新藤七绪"先行喝下了安眠药"。

唆使他人自杀殉情，而其中一方并无死亡意愿时，其行为往往适用于自杀参与罪或故意杀人罪。参见如下判例。这是1955年发生于和歌山县的一起事件，它还被载入刑法教科书，成为有名的"殉情事件"判例。

某男子与饭馆的女服务员交往。

而该男子通过与女性交往大举借债，父母要求他断绝男女关系。男子于是提出分手，女方非但没有同意，还说出如果要分手，不如殉情而死。男子根本没有寻死的打算，却佯装同意女方的请求，决定让女方单独赴死。

其后，男子声称决意殉情，把女方带到荒无人烟的山中。男子告诉女方："我会追随你而去。"男子让女方服下自己准备的剧毒氰化钠后，独自生还。

根据最高法院的裁决，"女方决意殉情自杀是听信男方'会追随你而去'的谎言造成的结果，而非基于本人正常的自由意志，男方采取这种手段不过是为了结束女方的生命"，由此判定男子犯了故意杀人罪。

熊切敏殉情事件中，提出殉情的是熊切，先行喝下安眠药的是新藤七绪。

如果熊切对新藤七绪心怀杀意，在她喝下安眠药后不实施殉情行动，独自存活下来，那他同样可能被判故意杀人罪。

而事实上，在新藤七绪喝下安眠药后，熊切也随之喝下，其后死亡。这就意味着熊切有明确的"殉情意愿"（遗书与录像带也证实了他确实有"殉情意愿"）。新藤七绪在熊切之前喝下了混入安眠药的烧酒，这就说明她也具备"殉情意愿"。如果她对熊切起了杀心，想佯装殉情，自己存活下来，那她应该会让熊切先喝下混有安眠药的烧酒。

警方大概也是基于以上几点，判断熊切殉情一事不牵涉犯罪行为，因而没有作为刑事案件予以立案吧！今天采访时从新藤七绪那里听来的内容里也没有与之矛盾的地方。

然而有一点依然令我无法释怀。

新藤七绪说，她先于熊切"拿起玻璃杯，一口气喝了个干净"。但能证实这一点的只有传闻中拍下了殉情全过程的录像带，而录像带只有部分警方相关人士看过，完全没有对外公开。

怎么说也是影视创作者熊切敏自我了断的视频，想必很多人都想看一眼。我当然也是其中之一。可实际上，视频连片段都没有流出来过。

至此，我生出一丝怀疑。

传闻中拍下了殉情过程的录像带真的存在吗？

如果根本就没有录像带，新藤七绪撒了谎……那警方究竟为何判断事件不涉及犯罪行为，没有展开后续调查呢？

一个可怕的想象涌出脑海。

谋杀——

莫非熊切确实是遭人杀害，而警方被某种力量施压，不得不停止调查？

眼下没有确切的证据，不过回顾殉情事件发生之初熊切所处的境遇，我的怀疑也不是全然荒唐无稽的推论，无法将其抛之脑后。

以下是熊切敏殉情事件发生的大概 10 个月前，某晚报上刊载的一篇报道。

女演员永津佐和子之夫熊切敏被下追杀令？！

一则令人震惊的消息传来。据闻，国际知名纪录片导演——另一更为人知的身份大概是美女演员永津佐和

出版禁止

子的丈夫——熊切敏，如今卷入了大麻烦。

麻烦的起源是即将于下周公映的纪录片电影《日出之国的遗言》。这是一部强硬的社会派作品，不留余地地挖掘、揭露了现代日本政界的腐败现象。导演熊切自己也出现在电影里，有一个画面就是他把身居政界领头人地位的政治大佬K的照片狠狠踩在泥水里，犹如"踏绘"①一般。

参加了点映的观众在网上掀起热议，电影里的事实遭人察觉。K的办公室提出抗议，要求制作方熊切企业和发行公司立即终止上映计划，然而熊切从始至终都展现出强硬的态度，宣称"我表达了对日本政治的愤慨之情。这就是我的主张，我没有半点致歉的打算"。

有传言说，电影中遭到批判的政治大佬K不仅混迹政界，同时也叱咤黑道。外界广泛关注他将如何对待挑衅的熊切，而K却始终沉默以对，骚动似乎平息了。

但即便K本人选择了容忍，有"信徒"之称的拥趸们却没有沉默。

据本报从某种途径得知的消息，有人对熊切发出了"暗杀令"。据闻K在政经两界，乃至黑社会都有大量跟随者。此次，K的狂热信徒们扬言要"拿到熊切的项上

---

① 江户时期为镇压、辨别基督教信徒，让民众用脚践踏刻有圣母玛利亚、基督耶稣像的木板或铜板，以证明与基督教毫无干系。

人头"。

也有证言表明熊切身边存在异常变故,似乎应和了传言。

"最近熊切身边确实总有怪事发生呢。"

说出这句话的是与熊切共事的制作团队成员。

"大概一个月前,我们搜集素材时开车行走在高速上,突然刹车失灵,险些酿成惨祸,幸好最后只是擦到护栏,没人受伤,当时错一步就会造成重大事故。办公室每天也会收到各种恐吓信、奇怪的传真和邮件,工作人员忙于应付,弄得神经衰弱。总之就是,感觉惹上了不该惹的厉害人物。"

本报就此询问熊切任职法人代表的熊切企业,得到的回复是"无论面对任何情况,熊切都不会删减那个片段"。

"无论面对任何情况",我们唯愿莫要让永津佐和子成为未亡人。

这篇报道发出的5天后,《日出之国的遗言》公开首映。

前文提过,公映首日,为防万一,连警察都出动了,电影在戒备森严的态势下公开上映。

或许也是因为具备这种话题性,熊切这部总是为发行问题苦苦争斗的作品,最后取得了还算不错的票房成绩。

熊切导演在电影里毫不留情地揶揄、挑衅的K,便是政治大佬神汤尧。

据传神汤是政经界背后的执牛耳者，与黑社会也有深入联系，好几个政敌都在他获得如今的地位之前离奇死亡。还有传言说，他在警察高官中也有巨大影响力；几年前，时任首相的公子犯下杀人案，就是他摆平了那件案子。

神汤究竟为何具有如此强大的力量？外界煞有介事地风传，青年时代的他在浪迹海外之时，与某国的间谍机构建立了深入联系，他还曾是某所陆军中野学校的谍报员，不过个中真相无从得知。英国一家财经杂志介绍他为"世界政治黑手党"的一员，海外政经界甚至有人声称"神汤驱动着日本"。

对神汤而言，"伪造"一起殉情事件想必轻而易举。事实上，正如晚报的那句警告所言，熊切的夫人真的成了未亡人。

不过，眼下没有任何确切证据表明神汤暗中操纵了熊切敏殉情事件。喻示殉情事件与神汤之间存在联系的可靠证言或证据均无，一切都还是不负责任的揣测。

并且神汤好歹也是还在活跃的政治家。这人身上确实笼罩着一些可疑的流言，但推论他"杀害"了小小的媒体人熊切还是过于荒诞无稽，很多有识之士对此都是一笑置之。

但就算幕后黑手不是神汤，熊切也还有很多其他敌人。与他立场相悖的政治、宗教团体数不胜数，国内外也有众多企业想让他销声匿迹。还有传言说他和非法组织之间存在不和。熊切被某个仇人谋杀的推测本身不置可否。

总之，如果殉情是假象……那么新藤七绪就说了假话，她很可能参与了杀害熊切的计划。

然而——

说实在的，从新藤七绪今天讲话时的状态来看，我怎么都感觉不出她在撒谎。我只看出她是真诚地接受我的采访，诚实地向我提供了证言。

真相究竟藏在何处？

新藤七绪是否出于某种目的伪造了殉情的假象，杀害了熊切？

还是她真心爱着熊切，单纯地想要"随爱"结束生命？

之前，我一直以为听了她的讲述便能窥见事件的真相。

然而真的见了面，问了话以后，我的大脑却似乎更为混乱。

2009年11月19日（星期四）

下午1点多，我抵达水户站。

不巧天上正飘着小雨，车站周边人影稀疏，比任何时候都显得更为冷清。

同一周前一样，我仍然在城市酒店的会客厅里与新藤七绪碰头。淡蓝色的针织外套很适合她。

与初见时相比，她的表情似乎缓和了几分，皮肤也比以往任何时候都更有光泽。

我很快开始采访。

🎙 新藤七绪・第二次采访・录音

Q：上次最后聊到的是您喝下了混有安眠药的烧酒，可以讲讲之后发生了什么吗？

——喝完烧酒以后吗？（略做思考）……对不起，说真的，我记不太清了。

Q：只说记得的部分就好。

——……刚喝下去的时候什么都没发生……我记得好像过了二三十分钟以后，胸口开始感觉难受，我还吐了。然后记忆逐渐模糊，之后就……真的不记得了。

Q：您有看到熊切喝下安眠药吗？

——有。我刚喝完，他也马上拿起玻璃杯，一口气喝完了烧酒。我当时还清醒着，记得很清楚。

Q：您先于熊切喝下了混有安眠药的烧酒。您就不担心熊切可能只想让您喝安眠药，他自己不喝吗？

——我根本没想到这个。我相信他……而且，就算他没喝，我也不后悔。

Q：为什么？

——因为和熊切一起殉情是我自己的选择……就算他当时突然反悔，没把药喝下去，我也没道理责怪他吧。

我想，我会理解他的，那是他自己做出了应该活下去的判断导致的结果。

Q：然而现实并非如此。
——……是啊。

Q：从熊切喝下安眠药到您失去意识中间这段时间……什么都行，能告诉我您还记得什么吗？
——记得什么……（稍微思考片刻）我胸口难受，视线越来越模糊，呼吸也快停了，身体痛苦难受，熊切紧紧抱住了我。我在他怀里，意识逐渐消散……再之后就什么都不记得了。

Q：恢复意识时人已经在医院了吗？
——嗯，是的。

Q：可以告诉我在医院醒过来时发生了什么吗？
——刚开始我还没反应过来是什么情况。这是哪里？我怎么睡着了呢？殉情自杀的事我都没想起来，心里想的是得去公司了……脑海里浮现出各种还没做完的杂事，一堆明细单还没整理，要回复采访邀约邮件之类的……意识混沌了一阵，然后记忆缓缓复苏……

回想起来之后，我突然感到害怕……原本应该死去的我为什么还活着？究竟为什么变成了这样？我不明所以……就开口询问。我连连追问陪在病房的森角,熊切呢?熊切呢?然后森角说……他死了。

Q:您当时想的是什么?

——在听到森角的回答之前,我一直以为熊切也还活着。我想,我既然活下来了……想必熊切也恢复了意识,待在别的病房里;看来安眠药剂量不够,我们殉情失败了……

所以在听到熊切死了的那一刻,我实在是难以置信;同时后背升起一股寒意,身体开始不停地颤抖……

Q:为什么呢?

——我很害怕,特别害怕。我活了下来,熊切一个人死了。得知这个事实的一刻,我全身都被从未感受过的恐惧所支配,变得不听自己使唤了。

于是,我封闭了自己的心。我想……我在那时就死了……

就算只能杀死自己的心也好,总之,悲伤、痛苦、懊悔,我要抹掉这一切的感情。

Q:没有想过追随他而去吗?

——想过……我很清楚,熊切离开了这个世界,我就算继续活着也没有意义。

可我的家人、公司的同事常在病房看护我,担心我会追随熊切而去……我哪怕想死也没有办法。

我就想着饿死算了。什么都不吃，让身体这么衰败下去就好了……我这么想着，就付诸了行动。现在想想，真是任性啊。闹出那么大动静也没死成，还给担心我的人添了许多麻烦……

Q：不过您最终还是没有追随熊切而去，是什么原因让您改变了追随他自杀的想法呢？
——……因为母亲吧。

Q：母亲？
——嗯……她一直陪在我身边照顾我。我的母亲向来是个刚强的人，没见她慌过或哭过。听说我因为殉情未遂被送到医院，她赶来的时候都没有半点惊慌失措的样子。

但住院后发生了一件事。当时我和废人没什么两样，也不吃不喝，这样的状态持续了一段时间后，她突然在我面前哭了出来。那是我自出生以来头一次看到她流泪。

我父亲原本经营一家金属加工厂，后来他经营失败，自杀身亡了。就连在父亲的葬礼上，母亲都没当着我的面落泪……

发生了这些事，再看到自己的独生女儿也想轻生，她终究也不堪忍受了吧。出生以来第一次看到母亲落泪，我才终于明白自己做了件多么愚蠢的事……

前年，她因为肺癌离世了。

新藤七绪似乎涌起了泪意，说话开始哽咽。

上次采访时她几乎没有明显的感情流露，口吻极为冷静，而这次却不同，一提到母亲，她突然情绪翻涌。

我继续提问。

Q：殉情事件被媒体大力报道，外界认为您逼得熊切殉情自杀，痛批您是"魔鬼秘书"。您当时对此做何感想呢？

——……

新藤七绪低头思索了一会儿。差不多10秒过后，她缓缓抬头答道：

——他们说得对。与我相遇无疑让熊切陷入了死亡……我无可辩驳。更让人看不下去的是，享誉世界的熊切死了，而一无长处的我独自活了下来……

Q：我看过几篇报道，大意是说"熊切是被人暗杀的"。您怎么看待这类报道呢？

——暗杀吗？……熊切确实总是对社会提出自己的主张，一直与一些东西做斗争，树敌众多也是不争的事实。但他没有被人暗杀，这一点我最清楚。我亲眼看他自己喝下了安眠药，这是清楚无误的事实。

神汤的刺客

我把上一章提到的,报道熊切卷入纷争的晚报文章复印件递给她。

Q:这篇报道说你们办公室每天都会收到恐吓信,还发生过开车时刹车失灵的情况。您了解这些事吗?

——我们确实收到过恐吓信和传真,但没到每天那么夸张。搜集素材的路上确实发生过这样的事故,但后来已经弄明白了,事故原因是车辆没有及时保养。这篇报道写得太夸张了。

Q:您应该听说过政治家神汤尧吧。这篇报道提到,神汤盯上了熊切,想要他的命。您怎么看待这件事呢?

——神汤先生的大名我当然有所耳闻……我觉得神汤先生不可能杀害熊切。

Q:为什么?
——因为……抱歉,我不能说。

Q:您对此不发表任何评论吗?
——是的。

Q:您见过神汤尧吗?
——没有。

出版禁止

"神汤尧"这个名字说出口的瞬间，她的状态明显起了变化。

此前，我能感受到她总是在尽量回答我的问题，然而一听到神汤的名字，她突然噤了声，显然是在含糊其词，试图隐瞒什么。

继续追问与神汤有关的事情，她大概也不会回答吧。我换了问题。

Q：您后悔与熊切敏殉情自杀吗？

——这件事给各位相关人士带来了麻烦，我非常抱歉……但我绝不后悔。

熊切最后的遗言说，堕落的爱里存在只有真正经历过的人才可以体会到的终极快乐。

那个时候，我与熊切正处于那样的快乐当中。我深知我们的行为背离了人伦。但我不后悔。

无论今后的人生有怎样的痛苦等待着我，我都不后悔……因为那是我们选择的路……

不知不觉间已到了4点。我看向窗外，先前淅淅沥沥的小雨已经越下越大。

新藤七绪双手捧着冷掉的茶杯，出神地思考着什么。我开口对她说："辛苦了。今天要不就到这里吧。"

"好……不好意思。"

她似乎松了口气，微微一笑，然而笑意很快便消散了。

"那个，有一点我想说一下。"

"什么？"

"……我并没有打消那个念头。"

"嗯？……"

"我是说追随他而去……"

"啊？！"

"最近我又开始在想，母亲离世后我也没什么可牵挂的了……我不该活着……或许那个时候就该和熊切一起死的……"

新藤七绪说完，细长的眼睛看向我。

"您可能会想，那就别苦恼来苦恼去了，早点自杀什么的不就好了……"

"不，我根本没那么想。"

"……我试了好几次。我想死……可怎么都做不到……死确实可怕……为什么那时就能做到呢？"

新藤七绪说完，视线落到桌上。

接着，她悄然开口。

"我想……那是因为当时我不是一个人。因为熊切陪着我，在我身边紧抱着我，所以那个时候的我不怕死。很不可思议吧。但我就是觉得，我这人不该活着……"

📝 2009年11月23日（星期一）—11月24日（星期二）

现在是下午2点35分。

导航显示的预计到达时间是下午3点10分。

就算按导航时间到达，也赶不上约好的3点。我急慌慌地踩下租赁汽车的油门，加速飞奔。

行驶在山间的盘山路上，银装素裹的八岳壮景直逼眼前。

离开东京都内的租车公司时，时间是上午9点过一点。出发时，导航显示的到达时间是2小时前，由于中间车道发生了连环追尾事故，我遇上了严重堵车，最后驶出高速口要比预计时间晚了一个多小时。开车把握不好时间，我万分后悔，还是应该坐电车的。

开到普通道路上后，路上不堵，行驶顺畅。淡季的旅游区道路上几乎看不到往来的车辆。

树木落下叶子，逐渐变为冬季的装束。

熊切敏与新藤七绪开车行驶在这条路上是7年前的10月中旬。那时周围尽是色彩鲜艳的红叶，想必美不胜收吧。

下午3点过后，我到了目的地别墅区的入口处。说是入口，实际上没有门扉一类的东西，只在圆木柱上贴了个写着"南阿尔卑斯·××度假村＆别墅"的招牌。似乎谁都可以自由出入。

我减缓速度，驱车进入。刚开进去就看到标示着管理处所在位置的指示牌，我按照指示开上铺装路面。开着租赁车走了大概200米后，道路变得开阔，一栋朴素的平房木屋映入眼帘。我把车停在屋前用绳子围出来的停车场上，着急忙慌地下车走进管理处。

我比约定的时间稍微迟到了一小会儿，管理员伊藤（化名）依然高兴地走出来迎接我。他的年纪在60岁左右，个子矮小，看起来是个挺不错的人。

寒暄过后，我立马再次上了车，请他带我去别墅。伊藤开着一辆小型货车为我带路，我就开车跟在他后面。

在错车都很困难，没有铺装的山路上开了四五分钟后，那栋别墅出现了。

这是栋两层的小木屋，顶上是深绿色的三角大屋檐，蓝色的烟囱十分醒目。这里便是我在杂志照片和资讯栏目里见过的殉情场所。

带路的小型货车打着双闪，停在落叶堆叠的别墅一侧，我把车停在货车旁边。

货车门打开，手拿钥匙串的伊藤下车走向别墅的玄关。我也从租赁汽车里下来，跟在他身后。

伊藤在看着十分牢固的木门前站定，把钥匙插进锁孔。我开口问他："事件发生之初，警察、各路媒体蜂拥而至，应该都快应付不过来了吧？"

"每天都有电视台的人来，不过差不多一两个月以后，就一个人影都没了……"

玄关处的木门开了，里面飘浮着一股好闻的木香。

"7年前发生那起事件的时候，您也是像这样打开门的吧？"

"是啊。我一向在9点前到达办公室。那天也一样，我到的时候大概是8点50分吧。当时管理处前面停了一辆车，一个神色异样的男人从车里下来，要我把这栋别墅的门打开……"

伊藤一边说着,一边从放在玄关边的纸箱里取出豆沙色拖鞋。那个在车里等他的男人,想来就是第一目击者森角吧。

"来,请进。"

我在伊藤的邀请下穿上拖鞋,走进别墅。遮光帘没拉开,室内有些昏暗。墙面是裸露的圆木,呈现出山间小屋的风格。

"我问他为什么,他说他认识的人可能死在了别墅里。我俩急匆匆赶来,一遍又一遍地按门铃,可屋里没有任何反应……我实在没办法,只好拿备用钥匙打开大门。"

"您当时进去了吗?"

"没有,我在玄关等着。"

"所以那个男人是一个人进去的?"

"嗯,是的。"

伊藤心思周到,为我拉开窗帘。窗外透进光线,室内的场景清晰起来。我环顾四周,缓缓迈步走动。

这是间约 20 叠[①] 大的起居室,铺了地板。

房间中央摆放着一套藤编沙发,角落里有一台柴火炉,柴火炉旁,质朴的圆木楼梯延伸向二楼。起居室隔壁是放了 6 人座木纹餐桌的餐厅,还有简单的料理区。

我继续往前走,发现餐厅往里还有用门板隔出来的另一个房间。

---

① 日本面积计量单位,一叠约为 1.62 平方米。

"可以打开这里吗？"我站在门板前询问伊藤。

"没问题。"他把手搭到门板上，缓缓拉开。

里面是一个日式房间。

6叠大的房间冷冷清清。窗户一侧的窗帘紧闭，屋里几乎没有任何家具，角落里堆着被褥。

"他们倒地不起的日式房间就是这里吗？"

"是啊。对了，我那时立马换了地垫。要是还和殉情时一样，应该挺硌硬人的吧。"

"您看到他们两人倒地的样子了吗？"

"我在玄关，看不清这里的情形，不过鼻子闻到了让人不舒服的呛人气味。"

"让人不舒服的气味？"

伊藤指着眼前的木制餐桌说道："这张桌子上有反胃呕吐过的痕迹。然后那个男人从日式房间里飞奔出来，慌乱地说他们好像喝了安眠药，要我赶紧叫救护车，我就立刻拿手机打了119。"

"桌上放了什么？"

"桌上……我记得有一升装的烧酒瓶、玻璃杯什么的。"

"还有其他什么东西吗？"

"其他东西？这个……"

"有看到摄像机吗？"

"摄像机？……我有点记不清了。"

"这样啊……"

对伊藤的提问暂时告一段落，我脱下拖鞋走进房间。

这是一间平平无奇、朴素的6叠大日式房间——

然而一想到这里就是二人的殉情现场，一种难以言喻的奇妙感受便将我俘获。

我在房间里缓缓转了一圈，随后走到窗边拉开窗帘。西斜的阳光直射向视网膜，晃得人眼晕。我一边抬起手遮挡阳光，一边打开锁，拉开玻璃门。寒风刺痛了我的脸颊。

眼前是一片湖。

湖面反射出夕阳的光线。这是7年前新藤七绪看过的风景，也是熊切在结束生命前看过的风景。

美丽的湖畔风光同样深深刻印进我的脑海里。

在别墅参观了一阵后，我拿起摄像机拍摄室内的场景。

下午4点多，我对伊藤道了谢，离开别墅。林中已逐渐转暗。

我发动租赁汽车，前去甲府站前一家预订好的商务酒店，途中顺路在国道边的家庭餐馆解决了晚饭。

晚上8点刚过，我到了酒店。

进房间洗完澡后，我打开笔记本电脑，整理今天的素材。

别墅管理员伊藤应该没有说谎。如果他在和我聊天时试图隐瞒了什么，那他的演技真是不一般。再说了，要是他和伪造殉情一事有所牵连，大概一开始就不会同意我上门取材。我想，伊藤的证言是可信的。

但就算证言是真的，事件发生当天，伊藤并没有亲眼看到他们两人的状况，也不记得别墅里到底有没有摄像机。因此，他的证言不足以说明"殉情并非伪造"。

我停下敲打键盘的手,喝起了先前在酒店的自动贩卖机上购买的罐装啤酒。

那栋别墅里真的发生过殉情事件吗?

如果殉情是"伪造"的假象,那么新藤七绪所说的一切就全是谎言,那就意味着,她欺骗了我。

截至目前,在对新藤七绪进行的两次采访中,有些地方令我无法忽视。对我提出的问题,她基本上都不会拒绝,有问必答,但有那么3次,她要么拒绝作答,要么含糊其词。

①询问她在成为熊切的秘书前,意图实现的"梦想"是什么时。

②询问她声称被熊切吸引的转折点,即"为人方面的欠缺"具体指什么时。

③当她说出"神汤先生不可能杀害熊切"后,询问其中的原因时。

我做采访时,向来都会事先告知对方"不好说或难以回答的问题可以保持沉默",不过"无法回答的问题"中往往隐藏着受访对象的心情和真意。这次也一样,以上3点里可能藏有解开殉情事件真相的线索。

尤其是第三点,当出现"神汤尧"这个名字时,她的变化很值得留意。

她为何断言"神汤先生不可能杀害熊切"呢?这么说的依据到底是什么?"神汤尧"这个名字说出口的瞬间,她的表情明显变了。这让我不得不怀疑她与神汤尧之间存在某种联系。

我一口气喝完啤酒，把空啤酒罐丢进垃圾箱，然后又开了一罐。

可以说，我依然没有掌握任何显示殉情是"假象"的证据。判断熊切死于他杀无疑为时过早。

我并不是否定殉情这一行为。对于日本独有的殉情文化，我甚至怀抱着一股近似憧憬的感情。我也曾想过与某人互相深爱，试着抵达"死也甘愿"的境界。

如果熊切真是"殉情"，他最后所说的"唯有经历过堕落之爱的人才能享受到的终极快乐"究竟是什么样的呢？

第二罐啤酒大量入喉，酒精浸染全身，大脑开始感受到些许眩晕。

我关掉笔记本电脑，躺到床上。

晚上11点30分，我睡了。

8点刚过一会儿，我起床了。

昨晚喝了两罐啤酒，定在7点的闹钟响的时候，我怎么都起不来。

我在大堂的茶吧兼餐厅吃了顿简单的早餐，9点25分左右退了房。我坐进停在酒店停车场的租赁汽车里。今天的目的地我昨天已经提前输进了导航。

在甲府的市区开了20分钟左右后，目的地到了。

这是一栋崭新的玻璃幕墙办公楼，一共5层。大楼旁边有个投币式停车场，我在那里停好车，向办公楼走去。

我进了门，坐上电梯去往 3 楼。

一出电梯，迎面就是"J 安保保障公司"的前台。

我告诉前台自己预约了 10 点来访。等了两三分钟后，一个穿公司制服的小个子女人把我带了进去。我跟着女人在办公室的走廊里走了一会儿，被带进一间大会议室。

一张差不多能坐下 20 人的会议桌几乎占满了整个房间。墙上贴着安保公司的海报和日历。里面的玻璃柜上摆着各种奖状和奖杯。

等了大概 5 分钟后，一个看着 50 来岁的男人走了进来。男人身穿藏青色西装，一头花白短发，肤色微黑，体格健壮。他是这家安保公司的董事山下（化名）。

我们交换名片，互相寒暄了几句。之前给我带路的女人再次走进来，送上咖啡后便离开了。

山下眯起眼睛，看着我的名片说道："您特地远道而来，真是辛苦了。"

"哪里哪里。"

山下以前是警官，去年空降到这家安保公司任职。7 年前发生那起殉情事件时，他作为甲府北署刑事科搜查一组的组长指挥了调查行动。

其实，在开始搜集素材之初，我就向山下发出了好几次采访邀约。他以事务繁忙为由拒绝了我，但我执拗地缠着他，不厌其烦地与他协商，这次终于得以和他会面。

"为什么还在调查那么久远的事呢？"

"我之前就对这件事有些兴趣，这次计划写成完整的报道发表在杂志上。"

"是吗？写什么内容呢？"

山下接连发问。他举止沉稳，眼睛深处没有笑意。我感觉自己像是在审讯室里受审一样。

"应该会往'探寻那起殉情事件的真相'这个方向去写。他们到底为什么殉情？我看了当时的报道和各种资料，可还是无法完全理解，我想解开这个疑问。"

我没告诉山下自己与新藤七绪有接触，关于她的访谈内容将会被刊载在杂志上。报道面世之前，我不希望外界得知我成功采访到了新藤七绪这件事。

"于是我就想，要是能从指挥调查行动的山下先生那里了解情况就好了。"

"我在电话里也说了，我参与调查的时间不过一周。事件没有立案为刑事案件……我不知道能不能帮到你。"

"只说您记得的部分就好，我想听您讲讲当时的调查情况。我第一个想问的问题是，判断事件无犯罪性质是出于什么原因呢？"

先前始终沉稳自持的山下表情一变，随即眼神不善地紧盯着我。

"你莫非在怀疑'殉情事件是伪造的'？"

我的心脏瞬间急剧缩紧，感觉被人看穿了心思。就算想糊弄也无计可施，我只好如实作答。

"我觉得存在这个可能。"

"确实。"

嘟囔完这么一句，山下缓了口气，继而开口道："……其实，我也有这个想法。"

"真的吗？"

"最开始看到现场的情形时，大概是刑警的直觉吧……我想，这应该不是一起单纯的殉情自杀事件。"

这个回答出人意料。原来指挥了调查行动的山下也觉得殉情自杀是"假象"。

"……但之后，证明殉情并非伪造的证据接连出现。"

"亲笔遗书和录像带，对吧？"

"笔迹鉴定的结果显示，遗书是死者亲手写的，死者本人也在视频里清清楚楚地表明了自杀意愿，没有留下半点让人怀疑的余地……算了，是我的直觉偏差太远了。"

"您看了录像带吗？"

"当然了。现场有摄像机，插在里面的录像带也记录了殉情全过程。"

山下说完轻叹口气，端起咖啡杯。

录像带确有其物——

如果我相信他说的话，那便是如此……

"只在摄像机里发现了一盘录像带吗？"

"不是……我记得现场的相机包里还有两盘用完的录像带。"

"那就是共计 3 盘录像带。里面拍的是什么内容呢？"

"就是常见的私人视频，那个死去的男人和情人亲密地互拍对方这种。"

"具体拍了些什么呢?我听说还有熊切面对镜头讲述遗言的画面。"

"嗯……有。他对着镜头说了类似'我准备去死了'之类的话。"

"确定是熊切本人无疑吗?"

"肯定啊。他本人对着镜头说的。不可能弄错。"

"这样啊……还拍了什么?"

"他的情人捣碎安眠药,放到烧酒里……两人喝下烧酒之类的,殉情的过程从头到尾全都拍下来了。"

"先喝下安眠药的是谁?"

"那个女人。"

"先行喝下安眠药,就证明女方也有自杀的意愿吧?"

"是啊。"

"熊切喝安眠药的场面也拍下来了吗?"

"嗯,当然了。"

"除此之外还有什么?"

"其他的吗?……啊,对了。"

说到一半,山下突然把话咽了回去。

他在思考着什么。我耐心地等他开口。山下喝了口咖啡,再次讲述起来。

"……我不知道该不该提这件事……就是男女的那个行为,两人赤裸交缠的场景也拍下来了。"

"交缠?"

"嗯……怎么说呢?他是有那方面的兴趣吧。"

我第一次听说这件事。就算熊切是影视创作者,但连自己做爱的场景都要记录下来也实在是有失分寸。

"有对熊切实施司法解剖吗?"

"做是做了,但做了司法解剖也没发现什么可疑之处。他死于过量摄取安眠药导致的循环衰竭与呼吸衰竭,遗体里没有发现除安眠药以外的有毒成分或外伤。熊切是自行喝下安眠药后中毒身亡的,这就是鉴定结果。"

"不作为刑事案件予以立案是谁的决定呢?"

"是我。他的情人提供的证词也和现场情况、证据等没有任何出入……"

"有没有可能……我是说可能啊,上层有下令停止调查吗?"

"不不不,没这种事。上层为什么要下这种命令呢?"

"死者熊切制作过瞄准警察机关腐败问题的纪录片电影。这个您知道吗?"

"……不太清楚。我对电影没什么兴趣。"

"厌恶熊切的警方高官掩盖了殉情事件的真相。有这个可能吗?"

"你在胡说什么?"

山下的神色瞬间变得严峻。

一股紧张感游走全身。我是……刺中核心了吗?

然而,他突然放声大笑。

"怎么可能,又不是演电视剧。那起事件显然就是殉情自杀。现场留下了确切的证据,有证明发生了殉情的物证……

这是确信无误的事实。我知道你想把报道写得波澜迭起，但你的想象力是不是太过丰富了一些。"

他笑着说完，一口气喝光了咖啡。看来无法在这个话题上继续追问下去了，这么想着，我换了问题。

"那个……拍下了殉情全过程的录像带现在在哪里呢？"

"一般情况下，没有立案的事件，相关证据都会返还给遗属。"

"那就是说，录像带在熊切的妻子手上吗？"

"你会想要自己的丈夫和其他女人做爱的视频吗？他妻子拒绝接收录像带。"

"那录像带现在在哪里？"

"应该是由警方销毁了吧。"

"销毁？真的吗？"

"嗯。"

录像带被销毁了……展示事件真相的唯一证据就这么没了……

得知这一事实后，我大为沮丧。

"那个……可以问您最后一个问题吗？"

"什么问题？"

"您先前提到了刑警的直觉……您当刑警的时候，直觉会经常应验吗？是不是只在那起殉情事件中出了差错？"

听了我的问题，山下忍俊不禁，答道："不不，经常出错呢。要是我的直觉全都应验了，我也不会待在这种地方，应该会混得更好才对。"

0点30分，我从甲府南高速口驶入中央高速道，前往东京。与来时不同，路上没有多少车，也没收到拥堵的预报。

我紧握方向盘，脑中思考着山下的证言。

真相越发扑朔迷离了。按照担任过调查指挥官的山下所说，殉情似乎并非伪造的假象。对比新藤七绪的证言来看，两者间没有任何矛盾之处。

山下还告诉了我一件很重要的事情。

熊切拍摄的视频已被警方销毁——

证明确实发生了殉情事件的唯一物证，如今已湮没无存。

不过，如果殉情是假象，那所谓的录像带原本就不可能存在。传闻中拍下了殉情全过程的录像带，真的确有其物吗？会不会一开始就没有什么录像带，而山下是受了谁的命令，才装作"有录像带"，没把那起事件予以刑事立案呢？

话虽如此，可如果录像带的存在本身即为"捏造"，那山下为何要特意说出视频里有熊切和他的情人赤裸交缠的画面呢？要说是为了让录像带的存在更具可信度，那他才是"想象力过于丰富"的那个人吧？

我握着方向盘，试图想象熊切和新藤七绪赤裸交缠的画面。但大概是因为想象力欠缺，我无法具体描摹出那样的场景。

📝 2009年12月4日（星期五）—12月5日（星期六）

距离去山梨县取材已经过去了差不多10天。

大概一个月前，我得到新藤七绪接受采访的应允，正式开始调查取材。刚开始，进展还比较顺利，然而眼下却无奈陷入停滞。

先是熊切的未亡人，演员永津佐和子拒绝了我的采访。

新藤七绪答应接受采访前，我已向永津所在的经纪公司提出了采访申请，却没能联系到她的经纪人。

前几天，经纪人那边终于传来答复："永津不会对那起事件发表任何评论。"

我也没道理就此作罢，于是费尽心思地说服劝导。可对方态度冷淡，接近无情，最后甚至告诉我"重提殉情事件会严重损害女演员的形象，希望您停止撰写纪实报告。如有必要，视报道内容而定，我们会考虑采取法律措施"。

哪怕遭到起诉，我也毫不在意。那起殉情事件在社会上掀起了轩然大波，永津一方应该无权要求停止撰写报道。

且熊切敏和永津佐和子都是知名人士，并非圈外的普通人，直接写真名应该也没什么问题。我充分考虑到个人隐私问题，包括新藤七绪在内，为协助我搜集素材的普通受访者全都冠以了化名。报道即便对外发表，应该也不存在任何疏漏之处。真说起来，被起诉反而能起到宣传作用。

比起这些，我更在意的是无法获得永津佐和子的意见。我还是希望听到"遭到背叛的妻子"发声，由此与"情人"新藤七绪形成对比，但我无计可施。

对事件的第一目击者——熊切企业原制作人森角启一的采访计划也遇挫停滞了。我在电话里倒是和他谈了一次，然而自那以后他就杳无音讯。

　　10天前，我通过某个渠道拿到森角的手机号码，和他本人通了话。当时他答应接受我的采访，说协调好日程后会与我联系，可自那之后没有接到他的任何来电。我等得心急，试着打他的电话，但对面无人接听，发短信也没有回音。给他所在的节目制作公司打电话，他也一概不在公司，请人代为传信，依然没有他的回电，我至今都没能联系上他。

　　当时在那通电话里，他的态度就比较冷淡。他是不是改了主意，不想接受采访，所以回避与我联系？还是发生了其他什么事情？

　　阻碍一重接一重。

　　我也找了报社政治部的朋友，试图接触或为暗杀熊切的幕后黑手神汤尧，然而朋友直接一句话断了我的念想："你想采访内阁总理倒还有点可能。"

　　听闻大型报社的政治记者们都把神汤尧列为最难采访的政治家之一。我不过是个小小的自媒体人，且调查的还是熊切敏殉情事件，他应该不可能答应我的采访请求。

　　作为替代，我让朋友介绍了一个了解神汤尧的政治记者，他同意匿名讲述。这名记者因创作了大量著名政治家的解读书籍而为人所知，还是曾经成功采访到神汤尧的少数记者之一。

　　我就"神汤尧介入熊切敏殉情事件的可能性"征询他的意见。

　　以下是他的见解。

"应该没这个可能。神汤身边确实发生过很多令人起疑的怪事。他初次入选众议院时，比他更具压倒性优势的候选对手在临近选举前意外死亡。大概15年前，在受贿嫌疑即将水落石出时，身为关键人物的秘书骤然病死。每当危机浮现，他总能借由'某人之死'平安脱身。那些人的死无疑是他建立起如今这等地位的奠基石。但我认为7年前的殉情事件并非如此。即便杀了熊切，对神汤来说也没有任何好处。他绝不会做无益的事。我不觉得神汤那样的政治大佬会真的把小小的媒体人放在眼里。"

他否定了神汤尧介入熊切敏殉情事件的可能，然而接着又提到："不过，神汤拥有众多狂热的追随者，其中就有被称作'武力派'的激进组织。熊切公开那部彻头彻尾地戏耍了神汤尧的纪录片时，确实有人放言要除掉他。就算神汤本人没有牵涉其中，'武力派'里也会有人下手杀了熊切，这样的可能性未必完全为零。"

那篇晚报的报道也指出，神汤拥有危险的"信徒"。而这位记者尽管说着"归根结底是道听途说"，却还是告诉了我一件颇具探究意味的事。

据说，神汤和他的支持者们要"抹杀"对他不利的人时，会勾结黑社会的专门组织安插"刺客"。派出去的人被称作"神汤的刺客"，他会采取一切手段接近刺杀对象，完成任务。且"神汤的刺客"有时甚至不知道自己受雇于谁，又为何要杀害刺杀对象。

最后，这位记者劝我："你最好不要深入探究神汤尧这个人。我在写和他相关的报道时就相当注意表达措辞。一旦写得不像样,他的狂热拥趸绝不会保持沉默。你要是写出'神汤尧暗中操纵了熊切敏殉情事件'这种报道,肯定会惹上大麻烦。"

那天傍晚,森角终于接了电话。

他的态度依然冷淡。我再次表达了希望采访他的意愿,他说明天上午有空。幸而我也没有其他安排,我们便约了上午10点见面。

好消息接踵而至。

综合月刊杂志的负责人联系了我,告诉我编辑会上已经决定从明年的4月号起连载我的报道。

这份纪实报告终将面世。无论如何,我都必须查出熊切事件的真相。这是我坚定的信念。

翌日。

我走出青山一丁目地铁站,沿外苑东路去往六本木。

走出几分钟后,眼前出现了标志物——一家意大利餐厅。森角现在供职的制作公司就在这栋大楼的6层。

我从背面的出入口走进大楼,坐电梯上了6楼。

这家节目制作公司的办公室占了6楼整层。墙上贴着民营电视台的综艺节目海报,应该都是这家公司的作品。

因为是星期六上午,办公室里几乎看不到什么人。森角在哪里呢?离我最近的工位上有个穿连帽卫衣的长发小伙子正对着电脑处理工作,我准备找他打听一下。

"是××(笔者本名)吗?"

就在此时，里边传出一个声音。我看向声音发出的方向，一个穿深绿色夹克的瘦削男人向我走来。

　　"你好，我是森角，这边请。"

　　这是个戴银丝眼镜，看起来有些神经质的人。他发间掺入了白发，年龄大概在45岁到50岁之间。

　　我跟着森角走进办公室，地上杂乱地堆着装在纸袋、纸箱里的电视台录像带。

　　森角带我走进一间用隔板隔开的会客室。我们交换名片，寒暄了几句，他起身离座，片刻后拿来两罐绿茶："只有这个了。"

　　"百忙之中前来叨扰，不好意思。"

　　"哪里哪里，我就是有点没睡好……有份明天要提交给演播厅的录像机，电视台要求大改，我们一直剪辑到今天早上。"

　　"熬了一夜吗？真是太辛苦了。"

　　"虽说熬了夜，不过剪辑时基本没什么需要制作人做的，所以也没那么辛苦。"

　　森角说完，头一回亲切地笑了。他说话的语气虽然冷淡，可人看起来并不坏。

　　殉情事件发生后，熊切企业很快就解散了。之后，森角做了一段时间的自由职业，大概5年前进入了这家负责电视台多档综艺节目和纪录片的栏目制作公司，现在正参与一档总部设在大阪的电视台制作的由一家企业独家赞助的特别纪录片。

"小声说一句，我在熊切身边工作的时候真的收获满满，做的事很有意义，和在这里大不相同。"

"在公司里说这个没关系吗？"

"没事没事。今天是星期六，要顾忌的那帮人一个都没来。不过话说回来，你怎么到现在还要调查那起殉情事件？"

森角说完，拉开罐装绿茶的拉环，狼吞虎咽地咕嘟咕嘟喝了起来。

我解释了采写殉情事件的来龙去脉，依旧没有提新藤七绪。森角听我说着，时不时忍下哈欠，不知对我的讲述感不感兴趣。

解释完一通后，我就录音一事征得他的同意，便从文件包里拿出 IC 录音机打开，开始进行采访。

"首先想请问您事件发生当时的事。是熊切的夫人找了您，说她手机里收到了熊切准备自杀的短信，对吧？"

"我一直联系不上熊切，正担心着呢，佐和子小姐就联系了我。当时大概是晚上 9 点吧，我连忙赶到了他们家。"

"他的夫人看起来如何？"

"表现得很坚强，可心里肯定十分忐忑吧？她极力不让我看到惊慌失措的样子。"

"您看了短信吗？"

"嗯，看了。"

"写的什么内容？"

"记不清了。印象里有写'我现在要结束生命''会给你添很多麻烦'之类的话。"

"短信真是熊切发的吗？"

"什么意思？"

"您没觉得那可能是谁的恶作剧什么的吗？"

"不，我没想到这个。那条短信确实就是从熊切的手机邮箱地址里发出来的。"

"您没想到联系警察吗？"

"我没道理这么做啊。他的夫人毕竟是名人。我们需要趁着事态没闹大之前想办法找到熊切。"

"但您不知道熊切在哪里吧？"

"是的。我喊了几个公司员工一起找。我们找了一切能想到的地方，常住的酒店、朋友家、常去的酒馆什么的，却没找到他。"

"您事先有想到他会和新藤七绪小姐在一起吗？"

"我想他们大概待在一起。熊切和她的婚外恋已经是公司里公开的秘密了……何况她也和熊切一样，从两三天前起就联系不上了。我抱着试一试的想法去了她的公寓，可那里空无一人。"

"您为什么觉得他们会在山梨县的别墅里呢？"

"熊切书房的电脑里有那栋租赁别墅主页的浏览记录。记录是他夫人发现的，我看见之后，突然灵光一闪，心想'啊，熊切之前就在那里幽居过，他说不定就在那里'。这么想着，我就打了主页上留的电话号码，可电话没人接听。那时差不多是凌晨3点，没人接也正常。要去就得趁早，于是我驱车飞奔到别墅。"

"这样啊，深夜时分，开得快的话2小时左右就能到吧？"

"我在黎明前到的。到了别墅门口，我看到熊切的白色宝马面包车停在里面，心想他果然在这儿……可门锁着。我又按门铃又敲门，里边没有任何反应。我想破门而入，但门太结实了，我一个人怎么都打不开，只好回到管理处等管理员来。"

再往后到发现昏睡的二人为止，事情的经过就与别墅管理员伊藤的证言基本一致了。

"发现倒地的熊切与新藤七绪时，您想到了什么？"

"我心想这可糟了。桌上四下里散着空药包，还有呕吐的痕迹……不过他俩都还有呼吸，我让管理员叫了救护车……本以为还来得及……那天的事，我大概这辈子都忘不了。"

"当时现场有摄像机吗？"

"在桌子上，是熊切常用来搜集素材的小型摄像机。镜头朝向他们两人倒地的和式房间。熊切大概是想拍下自己逐渐死去的过程吧，这确实是他的作风。"

"您看了当时录制的视频内容吗？"

"没，我没看。录像带被警方作为证据扣押了。"

"您没有录像带的拷贝吗？"

"我都没看过，怎么可能有拷贝？"

"啊，也是……您没想看看吗？"

"嗯……没有。我想，熊切拍下殉情全过程，是想把它当作自己最后的作品。他的一部分粉丝和相关人士也提出想重新编辑录像内容，把它作为'熊切敏最后的作品'予以公开，以表追悼。可我做不到，我觉得这是一种低级趣味，我也厌恶被外界认为我在贩卖人的生死。"

森角拿起罐装绿茶，一口气喝个干净。

我本以为，如果录像带确实存在，那么森角就有可能持有录像拷贝……

"熊切是个什么样的人呢？"

"这个嘛……他总是动不动就发脾气。我犯错的时候也被他整得很惨。"

"看来是个情绪起伏大的人。"

"嗯。他确实有天才的特性。他有时会突然发火，有时会对不顺他意的员工挥拳相向……很多时候我都搞不懂他在想些什么。"

"新藤七绪是个什么样的女人？"

"是个对人和和气气，做事认真的好姑娘。工作上挑不出错，责任心也比别人强。所以，听说她和熊切发展出婚外恋的时候，我才感觉难以置信。"

"她是怎么进的熊切企业呢？"

"……好像是熊切的熟人介绍的吧。"

"熟人？什么样的熟人呢？"

"哎呀，我也不知道……哦，对了，我有次问过熊切，结果他含糊其词，真是少见啊，他说'不好说'。"

"'不好说'？究竟是怎么回事呢？"

"这谁知道呢。中间有什么隐情吧！通过肉体交易认识的，可能类似这种？"

神汤的刺客

连被称之为熊切左膀右臂的森角都不知道新藤七绪入职的来龙去脉。

"您知道神汤尧这个政治家吧。事件发生时,坊间流传熊切是被神汤暗杀的,您对此有何看法?"

"什么?!"

那一瞬间,森角的表情明显变了。

"……这说的什么话?怎么可能?!"

"可熊切的作品《日出之国的遗言》确实猛烈抨击了神汤尧。我听说熊切企业收到了恐吓信,熊切也多次遭遇险境。"

"那不过是媒体夸大其词罢了……神汤尧根本不可能杀害熊切。他是殉情而死的。"

森角说完,拿起本已喝干净的罐装绿茶,啜饮剩下的一点残液。

他显然焦躁了。

"为什么神汤尧不可能杀害熊切呢?"

"……你是想写什么样的报道?要是暗杀之类的荒谬言论,我可帮不了你。"

"我知道了。但既然您说神汤不可能杀害熊切,那至少告诉我您的依据是什么,可以吗?"

"我都说了。熊切是殉情而死的……警方也公布了结果,说他是自杀……除此以外我一无所知。"

森角说完,脸色紧绷,彻底沉默了。

之后,我又问了几个问题,但都没得到像样的回答。过了一会儿,森角说:"我没时间了,希望可以到此为止。"我还没有问完，但看他这个样子，似乎不会再回答我的问题了。

他一下子站起身，示意我该回去了。无奈之下，我只能收拾好东西，像被人撵着一般走向电梯。临别之际，我为接受采访的事情向他道谢，而他仅仅是面色严肃地微微点头。直到电梯门合上的那一刻为止，他不快的神色始终没有半点松动。

我走出大楼，搭乘地铁回家。

星期六的地铁车厢里比较空荡，有位置可坐。我打开笔记本电脑，记录先前采访森角的内容。

听到神汤尧这个名字时，森角明显起了反应，接着就突然声称没时间，结束了采访。

这就意味着，神汤尧这个名字给他带来的冲击强到令他结束了采访。从某种意义上说，这也可以算是我的一大收获吧。森角很可能隐瞒了什么与神汤尧有关，且不愿为人所知的事实。

今天的采访还让我得知了又一件重要的事实，即"连制作人森角都不知道任何新藤七绪入职的前因后果"。她究竟是经谁介绍，通过怎样的关系进入熊切企业的呢？把她介绍给熊切的熟人究竟是谁呢？

森角的话里还有一点引起了我的注意。

"神汤尧根本不可能杀害熊切。"

这句话与新藤七绪在第二次接受采访时说的"神汤先生不可能杀害熊切"如出一辙。这一事实究竟意味着什么呢？

神汤不杀熊切的理由——

是如那位政治记者所言，因为"神汤不会把小小的媒体人放在眼里"吗？他们两人都断言"神汤不可能杀害熊切"。既然如此肯定，那应该还有更为坚不可摧的缘由吧！

比如说，熊切掌握了神汤的什么弱点？

他知道神汤某个绝不能公之于众的秘密，与神汤暗地里达成了什么交易，因此在神汤面前占据了绝对优势，得以通过纪录片电影挑衅神汤，态度强硬地对待神汤。厌恶熊切的神汤暗中派出"刺客"，杀害了熊切。

可这是"杀人的理由"，不是"不杀的理由"。

我无论如何都无法从脑海中拭去"殉情伪造论"的念头。七绪与森角会不会知晓熊切遭人杀害的真相，就是为了掩饰神汤的痕迹，才说出"神汤不会杀熊切"这种话的呢？

我思考整理了目前为止的采访要点。

①拍下殉情过程的录像带已被警方销毁。

②新藤七绪和森角在听到神汤尧这个名字时都反应强烈。

③他们两人口径一致，都断言"神汤尧不可能杀害熊切"。

④无人知晓新藤七绪是怎么进的熊切企业。

我尝试着串联起这些事实。

我的脑海里浮现出一个假设，一个始终盘桓在大脑一角的可怕推测。

出版禁止

万一新藤七绪就是神汤的刺客……

她会不会是神汤尧或其激进支持者雇佣的刺客，为的就是将熊切敏从世上"抹杀"？

为此，她在一年前进入熊切企业，诱骗熊切，成了他的情人，之后又伪造殉情的假象，杀害了熊切。

这么一来，她进入公司的途径成谜也就有迹可循了。

她如今没有固定职业，说是因为身体抱恙，也没有从事兼职工作。那她究竟靠什么维持生计呢？她父亲的工厂倒闭破产，钱财应该等同于无吧！

莫非殉情事件过后，她得到了足以一辈子衣食无忧的巨额财富？如果那笔财富正是赌上性命完成"任务"的报酬……

当然，眼下我没有任何证据。不可否认，这只是我天马行空的推测。但它难道不比"为爱绝命"的原因更为现实一些吗？

藏在重重迷雾下的真相——尽管朦胧，却也终于渐渐显出它的轮廓。

2009年12月11日（星期五）

距离第一次采访新藤七绪已经过去了一个月。

殉情真的发生过吗？还是有人伪造了殉情的假象？我为

了寻求真相开展调查，然而至今尚未获得决定性的证据。

编辑部的负责人说，单是成功采访到新藤七绪一点，这份纪实报告已经颇具价值，可我还是想得出令人信服的结论。

于是，我设置了"炸弹"。

熊切敏殉情事件是否是伪造？我为揭开真相设下了定时炸弹。

我按下 IC 录音机的录音键，把录音机放进夹克口袋里。下午 3 点 55 分，我到了新桥站附近的街角。

眼前是一栋似乎很有些年头，破破旧旧的商住混用楼。

一旦走进去，或许就再也出不来了……我怀着这样危险的想象走向大楼。

打开玄关入口处的玻璃门。

在昏暗的玄关空间里，我打量着四周，踏进脚步。

楼梯旁是漆皮斑驳的陈旧信箱，名牌上排开一串看着像是会计师事务所、从事出版或商贸业务的公司名称。但我要去的 507 号房对应的信箱名牌却一片空白。

我没找到电梯。去五楼似乎只能走楼梯。

我一级级爬着稍有些霉味的昏暗楼梯。

中途没歇，一口气爬到四楼后，呼吸终归还是乱了。我暂且停下脚步，调整呼吸。那一瞬间，我甚至在想要不回去算了。但急促的心跳稍稍平复几分后，我又自然而然地往楼上迈开脚步。

五楼到了。我在走廊里走了一阵，来到 507 号房门口。一楼的信箱上没留户主信息，不过这里门前的木牌上有用道劲的笔力写下的"政治结社"几个字。

在信奉神汤尧的忠实拥趸中有着"武力派"之称的政治结社,据传还是神汤与黑社会势力取得联系的中间渠道。宣扬熊切敏遭人暗杀的新闻报道里也多次出现过这个组织的身影。

前几天,我向结社的代表人物高桥(化名)发出了采访邀约。外界盛传高桥是神汤在黑社会的代言人,在神汤的授意下勾结非法组织行不法之事。我觉得他很可能与神汤身边发生的"离奇死亡案例"有关,就想从他那里打听消息。

然而众所周知,他也和神汤一样,几乎从不公开露面,我也没听说他接受过哪家媒体的采访。我本以为可能会遭到拒绝,然而没想到的是,他二话没说就答应接受采访。于是今天,我来到了高桥的地盘。

不知是因为爬了五层还是心里紧张,我竟然感到口渴。

我咕嘟咽回微末的一点口水,按下对讲机。

十几秒后,对讲机里传出含混不清的低沉男声:"你找谁……"

我告诉他自己约好了4点来访。

没多久门开了,穿着洒扫服的光头男人出现在我面前,把我吓了一跳。

仔细一看,这是张年轻稚气的脸庞,剃发的痕迹也泛着青,奇怪的是,这人礼数还挺周全。我猜他应该不超过25岁,甚至可能只有二十岁左右。他请我脱鞋,我换上他拿出的拖鞋,走进房里。

这是间只摆了两张桌子的简易办公室。除了眼前的青年以外，似乎再没有其他人。我跟着他走在无人的办公室里，被他带进了旁边的会客室。

这是一间铺着深红色地毯，差不多16平方米左右的房间。

光头青年引我坐到房间正中的真皮沙发上。

他深深低下头，而后退出了房间，把我一个人留在豪华的会客室里。

我抬头看去，只见天花板上悬挂着巨大的西式吊灯。这一大团玻璃一旦掉下来，肯定能让人当场死亡。我心里忐忑不安，感觉它们似乎瞄准了我。

敲门声响起，我的心脏狠狠一缩。进来的不是高桥，而是先前那个光头青年。他把托盘上的茶杯和茶点摆到桌上，彬彬有礼地说："高桥很快就过来，请您稍候片刻。"

说完他便离开了房间。

我的嘴巴早已干渴至极。我看向刚端上来的茶水，应该没有下毒吧。这么想着，我揭开杯盖，喝了口茶。这茶出奇的好喝，大概是用的高级茶叶。我正准备再来一口时……

随同敲门声响起，门开了。

一个优雅的男人走了进来。

男人短发、高个，穿着笔挺的白衬衫，深灰色裤子，周身萦绕着纯正的气息。他应该年近50了，不过看起来比较显年轻。

"让您久等了。"

高桥向我走来，脸上浮起温和的笑意。我们寒暄几句，交换了名片。比起政治结社的代表人物，他看起来反倒更像高雅的音乐家或是其他什么人。高桥甫一落座，看着我的名片开口道："您过来有何贵干？"

说真的，在他进来之前，我一直都很紧张，但见到他本人后，不知为何，先前绷紧的紧迫感已经多少有所缓和。

"其实，我正准备写关于神汤先生的报道。我想，如果能从您这里了解有关神汤先生的各种事情，那就再好不过了。"

"有关神汤先生……哦，是要写什么样的报道呢？"

高桥依旧笑眯眯地看着我。他的眼神澄澈至极，不含半点阴鸷。

"您知道××（新藤七绪的本名）女士吧？"

高桥双手交握，歪着脑袋沉思着什么，而后看了我一眼，开口说："不，没听说过……"

他接着又说："那位女士和神汤先生有什么关系吗？"

"您听说过7年前死亡的媒体人熊切敏吧？"

"嗯。"

"……××女士其实就是在那起婚外恋殉情事件中存活下来的，熊切的情人。"

"……哦。"

高桥意味深长地小幅度点头。他的眼神和举止非常文雅，怎么都不像是牵涉众多可怕传闻的政治结社的代表。

"您为何向我提起那位女士的名字？"

"我在想，会不会是她杀害了熊切。"

我索性直入正题。

听了我说的话，高桥的表情依然纹丝不变，照旧带着从容的笑意。

"原来如此……所以呢？"

"熊切与神汤尧的立场冲突强烈，并且殉情事件发生时，说熊切是被神汤暗杀而死的流言风传。所以我在想，会不会是神汤尧或与他相关的人士把那位女士送到熊切身边，让她做了刺客。"

"刺客吗……"

"对。"

我回答完后，高桥缓缓靠到沙发背上，开口说："那您来这里的理由是？"

"我想得到信息。我想知道熊切敏殉情事件背后有没有神汤尧或其他相关人士的身影。"

我深知自己的发言有多愚蠢。

我知道，假如高桥真与杀害熊切敏一事有关，他也不可能傻到说出实情。我只是想看看他会做何反应。

然而高桥仿佛享受着与我的交谈一般，依然噙着从容的笑。

我又丢出一句更加愚蠢的话。

"我认为神汤尧杀害了熊切敏。"

话音刚落——

高桥脸上的笑就消失了。

随之而来的是一阵沉默。

这就是我设下的定时炸弹。

今天我来到这里，最大的目的就是告诉高桥"我认为熊切敏殉情事件是伪造的假象，真正的凶手应该是神汤尧，我在为此搜集素材"。

"神汤尧是真正的凶手"一说如果抓住了问题的核心，那他应该就不会对我放任自流。高桥大概会采取某些行动，以尽力阻止纪实报告公之于众。

要是这次采访过后，高桥对我施以威胁或绑架之类的暴行，他的行为本身就能不容辩驳地证实殉情伪造论。

我自然充分了解自己如此行事的危险性。

我完全想象不到定时炸弹爆炸时会造成怎样的灾难。最坏的情况，大概就是丧命吧。

话虽如此，但他们一帮人的暴行越是严重，殉情伪造论就越可信。我这么做，危险是危险，可为了引出熊切殉情事件的真相，我别无他法。

我凝神等着高桥接下来的话。结果高桥再次露出那抹优雅的笑，如此说道："您为什么调查那件事呢？"

"您问为什么的意思是？"

"是受了谁的委托吗？"

"不，不过是身为媒体人，想知道熊切敏殉情事件的真相罢了；再就是想以报道的形式传播真相，让更多人了解真相。"

"既然如此……我接下来要说的话非常无礼，希望您不要因此坏了心情……"

"……啊？"

"您真是一无所知啊！"

"……这是什么意思？"

高桥用怜悯的目光看着我说："先生不可能对熊切出手的。"

我一下子畏缩了。

我没想到会从他口中听到新藤七绪和制作人森角曾说过的话。我下意识地身体前倾，询问高桥："您是想说，神汤尧不会把小小的纪录片创作者放在眼里吗？"

"不不不……根本不是这回事。"

"……那神汤尧究竟为什么不可能杀害熊切呢？"

"您不知道吗？"

"……不知道。"

"真的吗？"

"嗯。"

高桥长叹一口气，告诉我："趁着这个机会，我还是告诉您先生为什么不可能对熊切出手为好。"

沉寂片刻后，高桥深深凝视着我。

我无话可说，等着他开口。

"您说先生与熊切有激烈的立场冲突，现实并非如此。"

"啊？"

"先生与熊切交往甚密。就拿据传侮辱了先生的那部纪录片来说，片名我忘了……您知道那部片子真正的赞助方是谁吗？"

"真正的赞助方？……那部影片不是熊切企业自行出资制作的吗？"

"错了……明面上是这种说法，但背后是有赞助方的。"

"背后的赞助方是谁？"

"神汤先生。"

"什么？！"

"先生特别喜欢熊切制作的纪录片，因此给熊切经营困难的公司提供了巨额资助。那部作品……"

"是《日出之国的遗言》吧。"

"对。那部作品就是在这种背景下制作而成的。"

"可在那部纪录片里，熊切侮辱了神汤尧，还一次次践踏他的照片。"

"宣传嘛，就是宣传手段。"

"宣传？"

"为的是制造话题。作品不是因此引起了热议吗？！"

"可……这么做对神汤尧来说没有任何好处啊……"

"不，并非如此。那部作品引起热议，神汤先生是操控当今政坛的真正实权者一说因此得以在坊间盛传开来，甚至还有政治学家分析认为，这一点在翌年的大选里也产生了重大作用。"

我不明所以。

神汤尧出资赞助了熊切企业。换言之，媒体人熊切敏与政治大佬神汤尧的对立关系完全是商量好的"骗局"。非但如此，高桥还说起了我此前想都没想过的另一个事实。

神汤的刺客

"另外……神汤先生出资赞助熊切还有一个很重要的原因。您知道吗?"

"不……我不清楚。"

高桥讶异地说:"……您似乎真的是一无所知啊!"

他说得平静,但显然有些怒其不争的意味了。

我只能像被老师训斥的不成器的学生一般,侧耳聆听他的话语。

"就算再怎么狂热的粉丝,有政界领头人之称的政治大佬出巨资援助小小的媒体人,拯救他经营的公司……您不觉得多少有些不对劲吗?"

"……嗯,确实。"

"先生为何出资帮助熊切呢,那是因为……"

高桥投来宛如可怜我一般的慈悲目光,开口说:"先生毕竟也为人父母啊!"

"为人父母……这是什么意思?"

"……剩下的您自己想吧。"

高桥说完移开视线,眼睛看向窗外。

因为"为人父母",所以神汤尧帮助了熊切——

"为人父母?!"

……我一时间难以置信。

可如果高桥说的是真的,那我认为神汤尧暗杀了熊切的推论可能就要被全部推翻了。

"所以神汤先生不可能杀害熊切,像我们这些仰慕先生,为他奔走的人也不会伤害熊切。还有……"

高桥探身向外，紧盯着我。

我浑身僵硬。

因为我感觉到了埋在他眼眸深处的"恶意"。

"先生自己也很想知道熊切殉情的真正原因。"

这是传闻中手上沾染了众多反社会行为的高桥的眼神。被他了结性命的人，在生命的最后一刻，看到的应该就是这双邪恶的眼吧？

"您错得离谱。请再好好想想，赋予您的使命与职责是什么？"

高桥盯着我继续说道："眼中所见并非全貌……"

他犹如催眠师一般，眼睛眨也不眨："这起事件里有视觉……"

他微微倾身，继续道："死角。"

"视觉死角？"

"是的。这是您必须尽早发现的事情。"

高桥的视线穿透了我。

片刻后，他放缓表情，优雅的笑再次回到脸上。一只相对男性来说过于细长柔软的手伸到我眼前，我也战战兢兢地伸出右手。

高桥几乎瞬间拉过我的手，双手用力握紧。

"这也是我的请求。请您解决熊切敏殉情事件，让先生安心。"

我不知如何回应才好，不由自主地说："……那是自然。"

高桥仿佛豁达的修行僧人一般露出微笑，放开了我的手。

待了大约 20 分钟后，我离开了政治结社的办公室。

进入办公室前，我已经做好了或许再也无法从这里走出去的思想准备，不过最终似乎是我杞人忧天了。

我拖着沉重的步伐下了楼梯，走出混住大楼。

时间快到下午 4 点 30 分，天色完全昏暗下来。我从口袋里拿出 IC 录音机，按停录音，随着傍晚熙攘的人流，迈步走向 JR 新桥站。

我的大脑再次混乱起来，感觉自己就像中了催眠术一样。高桥向我透露了一个石破天惊的事实，它是神汤尧绝不会杀害熊切的理由。

先生毕竟也为人父母……

他的意思是，熊切是神汤尧的亲生儿子吗？

印象里神汤应该是有三个孩子，大儿子曾经当过律师，几年前成了国会议员，作为神汤的继承人走上了政治道路。大女儿与二女儿都嫁了出去，现在大概孩子都很大了。

不过像神汤这种量级的政治家，即便除了嫡子以外还有私生子也没什么奇怪的。神汤现年 84 岁。如果熊切是神汤的私生子，那就说明熊切出生在神汤 35 岁那年。

这么一来，高桥透露的，神汤对熊切给予的巨大帮助，其实是他拳拳爱子之心的体现……

熊切入职电视台及创立熊切企业的背后会不会也有神汤的深度参与呢？熊切陷入资金周转困难的窘境，神汤斥巨资

出版禁止

拯救了爱子。难道熊切在纪录片电影里猛烈抨击神汤，其实是为制造话题导演的"骗局"，那部作品是父子筹划的一场闹剧……

如此姑且也解释了他们三人为何会奇妙地一致说出"神汤尧不可能杀害熊切"这句证言。

森角在听到神汤尧的名字后心神巨震。

提及神汤与熊切的关系大概是熊切企业内部的一大禁忌吧。如果他们的关系被媒体知晓，一直隐瞒至今的"骗局"就会败露。森角绝对参与了这个"骗局"。对于混迹电视行业，特别是纪录片行业的人来说，制造"骗局"的事一旦被公之于众，就会发展出社会问题，有时当事人甚至会遭到整个行业的抵制。因此，在我说出神汤名字的那一刻，森角才会变得慌乱无措。

新藤七绪大概也知道神汤与熊切的关系。

她听到神汤的名字时产生的反应，令我猜测她与神汤尧之间会不会存在某种联系。可我猜错了，她也知道熊切与神汤的关系。她对我隐瞒这件事，是因为和森角一样，害怕"骗局"败露，想要保住熊切的名誉吧？这么想来，她的反应姑且也能理解。

走了约莫5分钟，我到了JR新桥站的乌森出入口。但我这会儿没心思坐电车，就径直经过检票口，往中央大街而去。大脑里一团乱麻，我漫无目的，只不断地往前走。

高桥说的是真的吗？莫不是见我发觉了神汤和他们那帮人的罪行，为了扰乱我的调查，才说出"熊切是神汤的私生子"这种荒谬无端的胡话？

退一万步讲，就算神汤与熊切真是父子俩，那也不能证明"神汤没有杀熊切"。父母杀死子女的事件多得是。

再说了，就算神汤宠着熊切，两人"对外"还是对立关系。也可能是神汤某个不知道他俩实为父子的追随者出于思维定式，以为神汤遭到侮辱，于是杀了熊切。

无论如何，我已经设下了炸弹。如果高桥所言是为欺骗我的诡辩，殉情其实是神汤尧一手策划的"罪行"，那他应该不会任由我离去。

全向路口的信号灯变绿了。

有没有人正在尾随我？我若无其事地窥伺身后，有边打电话边走路的公司白领，面无表情地走在路上的年轻人，一群似是观光的游客。

普普通通的都市光景，我没感觉有什么奇怪的地方。

我不是非要怀疑熊切的殉情之举，想把它变成"假象"，只是有些地方我还无法理解，依然没有看到真相。

高桥之前对我说过这样一番话。

眼中所见并非全貌……这起事件里有视觉死角……这是您必须尽早发现的事情……

视觉死角。

这是事件隐没在暗处尚未为我所见的那一部分。照亮那个地方，解开殉情事件之谜或许就是我的使命。

就算高桥不说这些，我也会竭力寻找真相。

高桥为什么要说这种本已清晰至极的话呢？

我也想尽早看到——

看到事件的真相……

2009年12月22日（星期二）

鹿岛临海铁路大洗鹿岛段的火车在冬季枯涸的水田间穿梭南下。说是临海铁路，眼下车窗外却看不到大海。转过开凿在山谷的弯路后，列车抵达高架铁路线上的站房，附近便是零星分布着住宅的市区。

下了车，冰冷刺骨的北风呼啸肆虐。我不由得立起外套的衣领，冷得浑身打战。在水户站换乘后，过了40多分钟，我站上了几乎看不到人影的S站站台。走出东京的家是在早上8点多，一路花了差不多3小时。

车站站厅里只挂了一块地方银行的广告招牌，再没有其他招牌或海报之类的东西。我走下水泥斑驳、大煞风景的楼梯，走出检票口。

我往站房出口走去，准备搭辆出租车，结果在小卖部旁边的长椅上看到了新藤七绪。我没想到她会来车站接我，有些手足无措。

"您是专程来接我的吗？"

"从车站走过去很远，路线又复杂。"

"这样啊……劳烦您了，真是帮了我个大忙。"

她穿藏蓝色羽绒服，围着白色围巾。上次见面还是大概一个月前。浅红色的针织帽和她很搭。大概是候车室太冷了，她白皙的脸颊上好像微微泛红。

她说自己是开车来的，出了站后我们便向停车场走去。

车站西侧是交通环岛，一家便利店都没看到。专线公交车站里也没有人候车，出租车乘车区只有一辆黑色的车等在那里。她要是没来，我大概就会坐那辆车了。

经过出租车乘车区，又走了一小会儿，七绪在挨着交通环岛停在路边的一辆小型汽车前停下脚步。

车身的蓝色外漆已经褪色，大概是她自己的家用车。七绪从羽绒服口袋里拿出车钥匙解锁，打开副驾的车门，说了声"请"，示意我上车。我道了谢，坐进车里。她关上副驾的门，绕回到驾驶座上。

车内一尘不染，非常干净。车上没装如今俨然已成标配的车载导航，十分少见。她松开手刹，启动了车子。

茨城县 H 市——

行驶在县道上，车窗映出外面的风景。关闭的加油站和放下了卷帘门的餐饮店十分显眼。车开了一段时间后，建筑物逐渐变少，转而变为田地的景致。

七绪紧握方向盘，沉默地开车。我们两人间飘浮着一种微妙的紧张氛围。我正想找点话说时，车开到了滨海道路上。

车窗外是阴云笼罩的灰色海面。

"这是鹿岛滩。"她扫了我一眼，开口说道。

沿海岸边的国道开了五六分钟后，汽车右拐进靠山一侧的道路，在塑料大棚相连的田间路上行驶了一段时间，来到散布着民房的村落。汽车在村落交错的路上左转右转，最后停在一栋古旧的木屋前。

这是新藤七绪的家。

我来时带了从网站上打印出来的地图，不过看这样子，要是搭出租车来，或许早就已经迷路了。

这是栋围着木板围栏的漂亮的日式木制平房，建成应该足有50多年了。隔着栅栏看到的庭院也挺宽敞。

七绪熟练地把车倒进玄关旁的停车区。

"到了。"

她说着熄了火，走下驾驶座。我也跟着打开副驾的车门下了车。她小步快走到玄关，拿出钥匙开门。门锁很快开了，她边拉格子拉门边对我说："请进。家里没收拾干净，抱歉。"

"哪里，您太客气了。打扰了。"

我踏进玄关，闻到古旧的木屋独有的气味，不由得心生怀念。我脱鞋上去，在面朝庭院的木地板走廊上行走一阵，被她带到了客厅。

一间至少得有70平方米的日式客厅。

悬挂着水墨画的壁龛旁，年头已久的庄重佛坛坐落在地上。

一个坐垫被递到面前，我在擦得光亮的矮桌边坐了下来。

"您一个人住这么大的房子吗？"

"只剩下大了，如您所见，房子破破旧旧的。最近这一带地面沉降得也很厉害,您仔细看,这间客厅也是倾斜的。"

我猫起腰观察地板。七绪说得没错,确实微微有些倾斜。

"……啊,确实。"

我们相视一笑。

"您喝茶还是咖啡?"

"麻烦您了……那就咖啡吧。"

七绪点点头,身影消失在去往里间厨房的路上。

我稍感愧疚地目送她离去。

今天,为对新藤七绪进行第三次采访,我来到了这里。

之前的酒店会客厅不方便长时间谈复杂的事情,我打算这次换个地方,想到可以在水户市租借个会议室,就找她商量,结果她提议来她家。

是的,今天我打算和她聊聊"复杂的话题"。我要不加掩饰地向她抛出逼近事件核心的问题和我的疑问。正是抱着这样的想法,我来到了这里。

拜访高桥的政治结社大概是在 10 天以前。之后我依然对殉情事件开展了种种调查,但没有收获什么显著成果。

我原本期待着高桥那帮人会对我的调查行动施以阻挠,然而遗憾的是,并没有发生任何暴行或是让我感觉身陷险境的事情。

为查证"神汤尧与熊切敏为父子关系"是否属实,我找了几个信得过的线人,不过眼下还没获得有价值的信息。

如果新藤七绪就是"神汤的刺客",她与神汤之间应该会存在某种联系渠道。我这么想着,尽全力探查了神汤身边的人和事,却没有找到能将二人联系到一起的证据。那有没有人了解她是怎么成为熊切秘书的呢?我打探了当时熊切企业的内部员工和外部职员的音讯,拿到几个人的联系方式,尝试接洽他们,可结果不是采访请求遭拒就是联系不到人,目前还没有拿下任何人。

因此,这10天里我没有得到关于殉情事件真相的新线索。

距离第一次采访新藤七绪已经过去了一个多月。殉情事件是假象还是真相?我也该揪出通往事件真相的头绪了。

于是,我决定今天不做任何隐瞒,直接告诉新藤七绪我的疑惑。

要是如七绪所言,殉情并非假象,她纯粹地爱慕熊切敏,真的爱到极致,因此走向了殉情,那我接下来的问题想必会深深地伤害到她。如果是这样,我将非常愧对爽快地配合采访的她。

她很可能会坏了心情,告诉我"不想再接受采访"。哪怕今天的采访内容便是这部纪实报告的终章……我也觉得没关系。

约莫10分钟后,新藤七绪端着托盘回来了,托盘上是冒着热气的咖啡和西式茶点。

我们先闲聊了一会儿。这可能是我最后一次和她交谈了。想到这里,我稍稍有些遗憾。

佛坛的牌位旁有张遗照,照片里是位典雅的白发女性。七绪告诉我,那是她因肺癌去世的母亲。她的母亲在两年前去世,自那以后,她便独自生活在这栋300多平方米的房子里。

"母亲死后,我也想过处理掉这个房子,搬到公寓里去住,可我放不下这里。"

她凝视着佛坛,哀伤地讲述起来。

"……父亲也是在这栋房子里去世的,所以这里没有留下什么美好的回忆。"

她母亲的照片旁边有张黑白照,里面是个唇边蓄着胡子、身形瘦削的中年男子。这大概就是七绪口中那个在家中自杀身亡的父亲吧。

"您父亲的工厂也在附近吗?"

"嗯,不过几年前就转让给别人了。"

"哦。"

"我呢……是个蛰居族。"

"蛰居族?"

"嗯,自从那件事发生以后,我一直躲避他人的眼光,几乎不怎么外出,就把自己关在家里。后来觉得不能那样,也曾经尝试着找工作或是兼职,可都做不长。"

七绪双手抱着托盘,神色怏怏地讲述着。我决定暂且当个倾听者。

"母亲去世后,我真的做什么都提不起劲,一直待在家里闭门不出。家人都不在了,就剩我孤零零一个人,我就又想……我为什么还活着呢,那个时候为什么只有我活下来了呢。"

七绪说完,视线落到自己端正跪坐的膝头上。

与此同时，她扎起的发间轻轻垂落一缕散发。

她依然垂着视线，单手拢起那缕散发。

沉默片刻后——

她开口了。

"不过最近，我打起了一点精神。"

"是吗？那太好了。"

"一定都是……××（笔者本名）先生的功劳。"

"我吗？为什么？"

七绪羞涩地看向我。

"不知怎么的，有您作为听众，让我讲出了当时的一切，我觉得十分痛快，好像把那些积压在心里，渣滓一样的记忆全都吐了出来……我开始想……说不定可以往前走了……"

七绪说完红了脸，再次垂下眼睛。

听她这么说，我绝没有产生半点嫌恶。不可否认，我的心早已被七绪吸引。

然而另一面，我依然怀疑她是否参与了伪造殉情假象，杀害熊切一事……不，或许就是她下的手。

如果是这样，那她此前对我说的一切就全是谎言，一切都是她演出来的。她大概能当个相当出色的著名演员吧。

与她接触下来，我心中某处开始乐于相信"殉情并非假象"。新藤七绪则是爱到最后，被卷入了殉情事件的纯洁女子……

可我是个记者。在没有确切证据的情况下，我不能相信她说的话。而她若是"伪造"出殉情的假象，杀害了熊切，又或是与熊切被害一事有关，那我就有责任让真相大白天下。

我按下事先放到矮桌上的 IC 录音机的录音键。

"那我们开始采访吧。"

🎤 新藤七绪·第三次采访·录音

Q：今天我会提出很多之前采访时遗漏的内容和经过多次采访后还想重新再问一次的问题，我将以这些内容为中心展开提问。

首先想问的是，你们决定实施殉情那天，熊切给妻子永津佐和子发了短信，短信中提到"我现在准备自杀"。那天您有看到熊切发短信吗？

——不，没看到。

Q：熊切临死前给妻子发了短信，这件事您知道吗？

——知道。

Q：您什么时候知道这件事的呢？

——在医院的时候。警方找我问话时，告诉了我这件事。

Q：熊切殉情前瞒着您联系了妻子……知道这件事的时候，您作何感想？

——我没觉得特别意外。熊切深爱着妻子，因此联系了她，不是吗？

Q：可即便对方是他的妻子，他也是在殉情的上一刻联系了其他女人。您没有产生像是遭到了背叛、受打击、不甘之类的感情吗？
——是啊……我真没觉得自己遭到了背叛。尤其是警方找我了解情况的时候，我简直和人偶没什么两样。我之前也说过，殉情失败后，我想消除一切感情……因为如果不这么做的话，我就显得很可笑。

Q：之前问您的时候，您说自己是经由"熟人介绍"进的熊切企业。如果方便的话，可以告诉我那人是谁吗？
——非常抱歉，我不能说。说出名字会给那个人带来麻烦，我不能这么做。

Q：……所以，那个人有一定的知名度吧？
——抱歉，我无法回答。

Q：那个人是神汤尧吗？
——……不是。

新藤七绪说得斩钉截铁。
目前，她对我冒昧的问题并未表现出气愤，应对极其冷静。我没有就此作罢,继续提问。

　　Q:真的吗?
　　——真的。我根本没见过神汤先生,甚至都没和他通过话。

　　Q:我认为熊切敏的殉情是伪造的假象,他可能是被人杀死的。您怎么看待这一点?

她的表情瞬间僵硬,随后低下头,一个字都没说。
沉默蔓延。
我静静地等待着她的回答。过了好一会儿,她抬起脸,用平静的语气缓缓说出如下一番话。

　　——不可能。我之前也说了,熊切当着我的面喝下安眠药,自我了断了。

　　Q:真的吗?您没撒谎吧?
　　——我没说谎。您是在怀疑我吗?

　　Q:非常抱歉……是的。
　　——您为什么会这么想呢?

七绪向我抛来疑问。

出版禁止

尽管强装冷静，她的语气还是微微强硬了些许。
我深吸一口气，回答了她的问题。

  Q：殉情莫不是假象？其实早在开始调查这件事之前，我就这么想了。我无论如何都想不明白，熊切为什么非得自我了断？他不得不选择"殉情"这一结局的原因是什么……

  即便"违逆天道"也要"随爱逝去"，他是怎么想的……

  ——可它真实发生了啊。哪怕您无法理解，现实中熊切就是自愿走上了殉情这条人生的末路。

  Q：唔……我希望是这样。与您相遇后，我自己也强烈地祈祷着事实就是如此。可我怎么都无法拭去"殉情是假象"的疑虑。

  如果殉情是伪造的假象，这件事的成功实施就离不开您的协助。于是我想到，您在某人的授意下参与了这件事……对，您不就是那名"刺客"吗？

  请回答我，您是不是某人，比如神汤尧，为成功实施"殉情"，意欲抹杀熊切敏这个人而派出的"刺客"？

新藤七绪缓缓地、平静地闭上眼睛。
我眼睛眨也不眨地盯着她，想看她接下来会表现出怎样的反应。

她会哭出来吗？还是会大动肝火？她会要求停止采访，把我从这里赶出去吗？

我的设想无一应验。她丝毫没有乱掉阵脚，还是和先前一样，用极其平稳的语气讲述起来。

——想到您始终抱有这种疑虑，我感到遗憾至极。

那个时候，我与熊切发自真心地被彼此吸引。可那段恋情是婚内出轨，看不到未来在哪里。所以我们越是强烈地渴求彼此，就越是只能感觉到苦闷。醒转过来的时候，我们已经坠入了没有未来的爱里，以至于觉得结束生命也无所谓。无论您怎么想，这就是确凿无疑的事实。所以我不是什么刺客。

还有，神汤先生也绝不可能杀害熊切。因为熊切生前严令我不要说漏嘴，我觉得以我的立场不该提这个，所以才保持了沉默。不过都到了这个时候，我还是说吧。

熊切是神汤先生的亲生儿子。表面上看，他们似乎立场敌对，可实际上，神汤先生十分疼爱与他血脉相连的熊切，他不可能杀害熊切。

Q：这件事我也已经知道了。可即便是真的，父母也不一定就"不会杀害"孩子。这一点并不能证明殉情并非假象。请告诉我实话，您就是神汤尧或与他相关的其他人雇来接近熊切的"刺客"吧？

——不是。

Q：神汤尧为达目的派出的刺客，据传叫作"神汤的刺客"。神汤的刺客会使出一切手段接近暗杀对象完成任务。我还听说，神汤的刺客根本不知道自己真正的雇主是谁。您是不是也在不清楚受谁雇用的情况下完成了杀害熊切的任务？换言之，您并没有察觉自己就是神汤的刺客……

——请您适可而止。我不是什么"刺客"，熊切也没有被人"杀害"。……我懂了，您都说到这个份上了，想必是走投无路了吧。既然您实在没法相信，那就给您看个证据吧！

证据——

意想不到的词从她口中迸出。

她说的证据是什么呢？七绪手里是有证实殉情为真的证据吗？

Q：证据是指什么？
——我们当时拍摄的录像带的内容。

Q：您是说，那卷拍下了殉情全过程的录像带吗？
——是的。

Q：可据我所闻，录像带不是被警方销毁了吗？
——事情发生后，佐和子小姐拒绝接收录像带，我就拿过来了。

　　Q：可您之前似乎说过，"警方扣押了录像带，之后怎样就不知道了"。
　　——我确实说过。不过录像带其实在我手上。
　　……抱歉。里面有些片段我实在不想被别人看到，所以在听您提起的时候，我不想告诉您录像带在我手上。
　　可现在已经不是隐瞒这个的时候了。为了打消您的疑虑，我只能让您看看了。
　　如何，您要看吗？

我不由得呼吸一滞。
录像带在她手上？录下了殉情全过程的录像带……
七绪的话完全出乎我的意料——
我正犹豫着如何作答。
"……这里没有电视机。请随我来。"
七绪说完，看都没看我一眼，起身带我去别的房间。
我们离开客厅，行进在昏暗的走廊上。
走了一会儿，眼前出现一间过去日式住宅常见的那种厨房。七绪走过厨房，拉开隔壁房间的拉门。
这是一间13平方米左右的日式房间。
地上铺着米色的地毯，中间有张方形的矮脚桌。茶具柜的架子上摆着餐具和茶碗，房间角落里放着一台如今已经很少见的显像管电视。

出版禁止

一间充满生活气息的房间，看起来似乎是平日里的起居室。

七绪声音平静地对我说"请您稍等"，随即走出房间。被独自留下的我感觉很尴尬，于是先在矮脚桌边坐了下来。

差不多10分钟后，她回来了。

她怀里抱了只黑色的皮革挎包，沉默着坐在电视机前。她从包里拿出小型录像机与红白黄三色的视频接线，开始连接电视机与录像机。

她现在在想些什么呢？我还有堆积如山的问题想问她，可刚刚还声称她是"刺客"的我没有这个资格。现在，我只能默默地凝视她纤细的背影。

录像机连好了。

她从相机包里拿出用透明的盒子装着的三盘小型录像带，是那种主要用在家用小型录像机上，迷你DV规格的录像带。七绪打开录像机的磁带仓，把一盘录像带放了进去。她拿起遥控器，打开电视机，屏幕上显现出准备播放录像带前的蓝色画面。

时间过了下午2点。

"那我放了。"

她依然背对着我，说完就按下了录像机上的按键。

蓝屏里传出噪声，电视开始播放视频。

圆木裸露在外的山间小屋风起居室。

正是那栋位于山梨县的别墅。

神汤的刺客

手持摄像机拍出的画面摇摇晃晃,起居室里空无一人。

画面右下角显示的时间是"2002/10/13 13:××"。

镜头后面传来嘎吱嘎吱的声响。

摄像机转向正后方的玄关,沉重的门被打开,一个女人拖着巨大的灰色行李箱走了进来。

是7年前的新藤七绪。

她那时只有27岁,透出一股天真烂漫的气质。

七绪看到正对着自己的摄像机。

"在拍什么?"

她有些不好意思地说完,拖着行李箱走进起居室。摄像机的镜头跟着她走。

镜头前飞过一只小虫子,画面虚化了一瞬,很快又因自动对焦功能恢复了正常。

摄像机大刺刺地拍着整理行李的七绪。

场景一转——

灼灼红叶装点的林间露出南阿尔卑斯群山。

画面上显示着第二天的时间,"2002/10/14 11:××"。

摄像机原本在拍挂着红叶的一棵棵树,方向一转,屏幕上出现了那栋别墅,深绿色的三角形屋檐尤为醒目。

摄像机拍了会儿澄澈蓝天下的别墅。

噪声响起,画面一转。

一个高个子男人走在红叶林中。

男人穿深蓝色羽绒服,磨白牛仔裤。摄像机从上方俯拍男人的脸。

黑框眼镜，下巴上蓄着胡子，给人一种知性的感觉。

——是熊切。

熊切停下脚步，轻飘飘地递来不好意思的目光，从拍摄者手里拿过摄像机。

镜头对准了七绪。

她似乎也有些难为情。

这段影像拍的就是7年前的熊切敏与新藤七绪。

再往后的影像又记录了两人在森林里散步，亲密地吃寿喜锅等场景，正如退休刑警山下所说，是"恋人间互拍对方的私人视频"。

七绪依然在电视机前正襟危坐，背对着我一动不动。她正带着什么样的表情观看这段视频呢？

视频放了大概30分钟后，屏幕上显示出以下画面。

别墅的和式房间——

房间里略微昏暗，只点了长明灯。

摄像机对着身穿内衣躺在被褥上的七绪。她羞涩地看着镜头。

正在拍摄的男人从画面外伸出骨节分明的手，缓缓脱起七绪的米色内衣。她没有推拒，任由男人施为。

拍摄者一手持摄像机，一手灵活地除去七绪的内衣。

赤裸白皙的躯体，小巧的乳房。害羞的七绪竭力掩盖自己的胸部和私处。

拍摄角度变了。

放在地板上的摄像机拍摄出新的画面——

被褥之上，全身赤裸的熊切与七绪交缠在一起。

摄像机久久拍摄着男女交欢。

我悄悄窥看七绪。

她的视线从屏幕上移开，低头朝下。眼前的显像管电视机里，她与熊切的交欢还在继续。

她之前说的录像带里"实在不想被别人看到"的片段应该就是这个吧。山下说看到了"两人赤裸交缠的场景"，他的证言也是真的。

画面中熊切与七绪的"交缠"变得越来越激烈。

她没打算暂停呈现了自己痴态的视频，始终垂着头，就像在忍耐着什么一般。

两人的行为持续了大概30分钟后，第一盘录像带播放完毕。

七绪机械地动了起来，从录像机里拿出录像带，把第二盘录像带放进磁带仓。

第二盘录像带开始播放。

先是熊切与七绪在别墅生活的点滴。

大约20分钟后——

别墅的起居室——

雨声。

坐在藤编沙发上的熊切的背影。

日期显示"2002/10/16 15：××"。两人被找到的前一天。

镜头逐渐从熊切背后挪到面前。

他正用钢笔写着什么。

洁白的便笺纸渐渐被怪模怪样的字填满。

……我深知这么做会给与我们有关的各位人士造成巨大的麻烦，但我们决心已定。即便与世界为敌……

熊切认真的表情与正在写字的手部近景交替出现在屏幕上。

一段时间后，熊切长吁一口气，把钢笔放到桌上。摄像机自上而下俯拍他手边的便笺。

遗书写完了。这就是我在杂志报道刊登的照片上看到的那封遗书。

画面切换。

别墅的庭院——

熊切坐在折叠躺椅上。

日期显示为同一天的傍晚，下午5点左右。雨停了，西斜的阳光透过森林的树隙照射进来。

熊切望着取景框左侧说："在拍吗？"

"在呢。"

画面外传来七绪的声音。

熊切轻咳两声,用带有独特压迫感的眼神紧盯着镜头,开始讲述起来。

"因私事打扰各位,实在不胜惶恐。今天,我,熊切敏,决定结束自己的生命……"

他看起来并不怎么慌乱,语气极其冷静。

"我究竟为什么想死呢?原因我自己都不太清楚。不过,我这个个体没有继续生存下去的意义了,这是显而易见的事实。

"我已经知道,如果爱人爱到痴狂,坠入那份爱里,等在前面的就只剩下死亡……爱有很多种形式。相知相遇,生儿育女是真挚至极的繁衍之爱,然而另一个极端,也存在不断堕落而去,只待毁灭的爱。"

熊切的表情纹丝未变,继续淡然地说了下去。

"但这绝不是应该悲伤的事情。堕落的爱也是爱的一种形式,只有到达此番境界的人才能体会到的终极快乐就等在那里……那么各位,永别了。"

熊切说完,深深低头致意。

他就着这个姿势保持了大概 30 秒。

随后,他缓缓抬头。就在看到他露出豁然开朗之色的瞬间,噪声响起,第二盘录像带播放完毕。

这就是熊切的"遗言"。

他在视频里用自己的话明确表达了"殉情的意愿"。我怀疑熊切没有自杀意愿的推测土崩瓦解。

出版禁止

　　七绪依旧沉默着，拿出录像机里的录像带，换上第三盘。

　　入夜时分。
　　木质餐桌上摆着烧酒瓶与玻璃杯，旁边排开几种粉末或片状药品，应该是安眠药。
　　七绪把那些安眠药倒进玻璃杯，用搅拌棒细细地捣起安眠药片来。
　　摄像机一直在拍她。

最后一盘录像带。
实施殉情的过程清晰地记录在内。

　　七绪把烧酒倒进放了安眠药的玻璃杯里。熊切紧紧抱住颤抖哭泣的她。接着，我确切看到了下定决心的七绪先于熊切饮完烧酒的一刻，以及紧随其后，一口气灌完杯中酒的熊切。

这些场景与七绪的证言完全一致，没有任何出入。
再往后……

　　玻璃杯被放在餐桌上——
　　熊切与七绪喝完混有安眠药的烧酒，抱在一起贪婪地啃噬彼此的嘴唇。
　　画面左侧往里可以看到铺着一床被褥的和式房间。

七绪在熊切怀中慢慢闭上眼睛，渐渐没了动作。熊切依旧紧抱着七绪。

差不多 30 分钟后。

七绪开始陷入极度的痛苦。

她尖叫、大力抠挖喉咙。熊切双臂使力，想让她平静下来。然而痛苦并未缓和。

她撞开熊切，当即呕吐出来。

她发出抽噎一般的声音，反复痛苦、反复呕叫。熊切从背后死死抱住她。

七绪的痛苦完全没有过去。熊切使出全身力气，紧紧抱住不断剧烈挣扎的她。

过了很长时间，七绪在熊切怀里停止了动作。

两人抱在一起，就像合为了一体。

过了一会儿，熊切一个人静静站起身，横抱起七绪的身体，缓缓迈开脚步。

熊切摇摇晃晃地走向里头的和式房间。

进了房间，他把七绪平放在被褥上，自己也像一头栽倒似的，躺在她身边。

两人一动不动。

几分钟后——

熊切发出尖锐的呻吟声，用力抠挖喉咙。他在被子上翻来滚去，吐得到处都是。

痛苦挣扎一阵后，熊切身体抽搐，不再动了。房间里很快陷入寂静。

摄像机一直拍着静止的两人,直到占满录像带剩下的大约 15 分钟的时间。

随同噪声响起,拍摄宣告完毕。

不知不觉间,窗外已暗了下来。

唯有再度切换为蓝屏的电视画面发着朦胧的光。

时间过了下午 4 点半。从开始看录像带算起,已经过去了两个多小时。

新藤七绪依旧垂着头,没有抬起来的意思。

殉情是真的——

一切正如新藤七绪的证言。视频里有熊切亲手写遗书的场景,熊切对着镜头明确表达了"自杀的意愿"。

七绪先于熊切端起混有安眠药的烧酒一饮而尽的全部过程也被拍了下来。由此证实她也有明确的殉情意愿。

熊切也亲手将混有安眠药的烧酒倒入口中,而非被人硬逼着喝了下去。毋庸置疑,熊切是出于自主决定喝下了达到致死量的安眠药。

她手上的三盘录像带完全证明了他们两人一致选择殉情。

曾任刑警的山下也没有欺骗我。殉情并非伪造的假象,事实上,熊切就是"堕入爱中",殉情自杀了,确切的物证是真实存在的。

她究竟怀着怎样的心情给我看的视频呢?

尤其是"交缠"的场景，那个有给我看的必要吗？就算不给我看也能充分证明殉情并非假象吧……

我试着从自己的角度展开思考。

七绪想让我明白，殉情不是伪造的假象，她和熊切纯粹是爱到最后，决意殉情自杀的。因此，她才将那段影像作为证明这点的证据之一，放给我看了吧？它大概和留下遗言、殉情等场景一样，都极为重要。

濒临死亡的激情交融……她觉得这正是熊切"随爱逝去"再合适不过的证明……

房间里彻底陷入昏暗。

七绪仍然背对着我坐在电视机前。

我的心中满是自责。

说点什么好呢，我想不出合适的话。

我对深爱着熊切，甚至愿意舍命守约的她说了不该说的话，甚至把她斥为"刺客"……

我看向七绪。

显像管发出的蓝光勾勒出她的背影。

我绞尽脑汁地搜刮词句。

"——实在太抱歉了。"

七绪缓缓回头。

她没哭，也不像在生气，脸上的表情看起来不带任何情绪。接着，她轻声细语地低喃道："不，没关系……能让您明白就好。"

说完，七绪低下头，视线再度从我身上移开。

"我也有不对的地方。要是不加隐瞒，告诉××先生一切，应该就不至于被您怀疑了。"

"不，别这么说……"

"您问过我是经谁介绍进入熊切公司的吧？"

"对。"

"关于这个……您还记得吗？第一次采访的时候，我说在成为熊切的秘书前，自己一直在追寻一个梦想。"

"嗯。"

"当时我不好意思说出口……其实……我曾经想当女演员。"

"女演员？"

"是的，所以我在某位女演员身边当了几年助理，学习经验。您觉得那个女演员是谁？"

"啊？女演员……莫非……"

"是永津佐和子小姐。我跟了佐和子小姐5年左右。那段时间里，我在她身边描绘着演员梦并为之努力。但我没有她那样的天赋。一天，我和她谈心，说察觉到了自己的天花板，想辞掉助理的工作，佐和子小姐就给我推荐了熊切企业。她说上一任秘书正巧也刚刚辞职，需要再招人手。"

"……也就是说，把您介绍进熊切企业的是熊切的夫人？"

"嗯，就是这样。"

"可他为什么要隐瞒这件事呢？"

"是我拜托他隐瞒的。我说，希望他不要提我是夫人的助理这件事。我讨厌被人区别对待……"

她根本不看我,依旧低垂视线,继续说了下去。

"我很尊敬佐和子小姐。对我来说,无论作为女演员还是一个人,佐和子小姐都是我仰慕的对象。但我明白,我无论怎么努力都无法成为她那样的人。现在想想,与熊切发展出那种关系,可能也有希望尽量向佐和子小姐靠拢的想法在作祟吧……"

七绪暂缓口气继续道:"这么说您或许会嗤之以鼻……在和熊切做爱的时候,我会产生一股优越感,是对无论怎么努力都够不到的永津佐和子产生的优越感……我这个人很差劲吧?"

七绪依然低着头,艰难地吐露心声。

"介绍殉情的丈夫及其情人互相认识的人是妻子。这不正是媒体喜闻乐见的故事吗,所以我原先不想说出来……"

七绪的声音开始微微颤抖。

"您现在懂了吧。介绍我进公司的不是神汤先生……我不是什么刺客……"

泪水从她眼中骤然滚落。

看到七绪的眼泪,对她产生怀疑的悔恨之情将我心口绞得更紧。

"……对不起。"

我只说了这么一句,随即低下了头。

七绪掩面哭泣一阵,接着收紧颤抖的哭音:"我之前说,接受采访以后,曾经的记忆就好像被我从身体里吐出来了一样，感觉或许可以继续往前走了。对我来说，与您相遇给了我希望，一个或许能把我从过去的束缚中解放出来的……希望。所以……"

她抬起脸，泪水盈盈的眼眸投在我身上。

"……我不想被您怀疑。"

说完，她再次低下头。

房间里已经彻底暗了下来，只似有若无地回响着她抽泣的声音。

我轻咳一声，难堪地解释起来。

"……我怎么都无法理解自己最敬重的媒体人熊切敏为什么要亲手结束生命……说句实话，哪怕您让我看了那些视频，我还是……"

七绪拿手背擦拭泪水，依然没有抬头。

"他为什么为爱赴死呢？为什么爱人爱到痴狂，坠入那份爱里，等在前面的就只剩下'死亡'了呢？殉情尽头的'终极的快乐'究竟是什么呢？"

我毫无隐瞒地倾倒出自己的真实感受。

她没有回答，依然埋首在电视机前。

时间到了下午 4 点 50 分。

昏暗的室内，沉默的两人。

接着——

七绪缓缓起身。

她慢慢向我走近。

显像管的蓝光打在她身后，她好像发出了神光。

然后，她轻声细语道："人心完全不能为肉眼所见……因此自古以来，人们都以死守护誓约。"

七绪静静地跪在我面前，深深凝视着我。

一对泪光盈盈的三白眼——

我无法从她身上挪开视线。

因为……那时的她美得简直不似尘世之人。

七绪贴到我耳边如此说道："……完全不能为肉眼所见的人心，您就不想看看吗？"

正文至本章终止。

然而采访并没有结束，之后的详情始末记在报告底稿阶段写的草稿里。以下叙述均为草稿，不过我认为它充分具备用作纪实报告的价值，因此原封不动地刊载于此。

长江

2009年12月23日（星期三）

早上8点，我起床了。

回到东京是昨晚11点多。

一晚过去，七绪那张难过的脸还牢牢盘踞在我脑海里，挥之不去。

我做了错误的采访，甚至说出"刺客"这种称呼，深深伤害了她。

自责在心中蔓延开来,一发不可收拾。

📝 2009年12月24日(星期四)

昨天我没有出门,一直把自己关在房间里。

熊切事件在我脑海里挥之不去。

新藤七绪对我说了这样一番话。

完全不能为肉眼所见的人心,您就不想看看吗?

熊切究竟为何决定与七绪殉情自杀呢?现在,殉情显然并非假象,可我还是无法理解他的心绪。

殉情。

疯狂地爱着另一个人,甚至不惜违逆天道,奉上生命……

我实在想了解"坠入"此种境地的人心里在想什么。那完全不能为肉眼所见的人心……

可我没有继续这场采访的资格。

📝 2009年12月26日(星期六)

上午11点多,我给七绪打了个电话。

我为自己前几天的无礼举动向她道歉,告诉她我准备终止采访。

七绪在电话另一端如此回道:"太遗憾了。不过,如果您什么时候改变主意了,想重启采访,我一定会再配合您的。"

她的话动摇了我的心。

📝 2009 年 12 月 27 日(星期日)

我徘徊不定,不知该如何告诉综合月刊杂志的责编采访终止的事。

报告已经定于明年 4 月开始连载,从开头到采访高桥的政治结社那部分稿件已经交给了编辑部。要是在草草收尾的情况下发表,我也过不去自己心里那关,还是应该取消刊载吧。

可连载计划已经落定,一旦开了天窗[①]就会给出版社造成麻烦。想方设法组织起目前的信息,写出像样的报道才是应有之义吧。

我要在联系责编之前,先按自己的方式整理好采访内容。

我准备重听 IC 录音机保存的七绪及其他接受采访的相关

[①] 指因新闻检查,某些报道或言论被禁止发表,导致报纸版面上留下成块的空白。

人士的录音，还要再通览一遍报道稿件。

📝 2009 年 12 月 29 日（星期二）

我花了 3 天时间完成了稿件整理工作。

我在稿件里发现了几处错字，还有些地方错误理解了受访对象的原意。

再次通览稿件和经由采访调查得来的资料后，我切实感受到自己钻了牛角尖，在殉情事件上大错特错，且犯的还是两个错误……

其一，错误推断殉情事件发生的背景。

其二，自己在这起殉情事件中的职责。

我为自己的愚蠢深感羞愧，与此同时也重新认识到了自己的使命。

📝 2010 年 1 月 12 日（星期二）

0 点，我到了鹿岛临海铁路 S 站。

七绪来接我，我坐上她的车去往她家。

这是我与七绪差不多 20 天以来的首次见面。

过年期间，我思来想去，最后还是决定重启采访。

我做了错误的采访，此前的所作所为深深伤害了受访对象，就此弃之脑后未免太过缺乏责任感。

我想用自己的方式，竭尽所能地解开熊切决定实施殉情的原因。弄清走到殉情地步的人心中所想是解开这起事件真相的关键。

揭秘熊切殉情事件……这就是我的职责之一。

于是我转变思想，大幅度调整了纪实报告的主题方向，由"殉情伪造论"转为"揭秘殉情背后的心绪"，我决定继续对新藤七绪的采访。

七绪的家到了。午饭我们吃了鳗鱼盒饭。

饭后，我们闲聊片刻，开始采访。

我再次询问了七绪他们当年交往的情况和当时的情感，以此为线索，理解熊切走到殉情地步的心路历程。

然而说句实话，我没能得到值得一提的新信息。

算了，没必要心急，慢慢来吧。

下午5点，今天的采访结束了。

临别前，七绪说道："真的很感谢您重启采访。我或许能借着这个机会重新来过。请您把我从过去的束缚中解救出来吧……"

2010年1月18日（星期一）

上午11点30分，我到了七绪家。

我将进行重启后的第二次采访。

今天，我弄明白了一件事。

我发现了熊切决意殉情的一个重要原因。那就是新藤七绪这个女人。

从第一次见面起，我便感受到了七绪难以名状的魅力。

那时我尚不能找出她魅力的来源，不过随着一次次采访，我渐渐看得分明。

那是她散发出的独特氛围，一种"负面"而非"正面"的氛围（这么说非常失礼）。我想，那种红颜薄命般的感觉正是她魅力的本质。

她有双含着忧郁、偏三白眼的丹凤眼。

一旦被她注视，不可思议的吸引力就会将你俘获，让你陷入无法抵抗的感觉。熊切决意殉情，恐怕就是因为被这样的"负面"魅力所掌控了吧。

或许和她在一起，人就会"堕落"……

这种脱缰的想象时常掠过我的脑海。

可她是我的采访对象。我不能、也不该产生这样的想象。

2010年1月25日（星期一）

现在是下午1点多。

我要进行重启后的第三次采访。

可她看起来似乎不太舒服。

她说稍事休息就能恢复精神，可我今天还是提前结束了采访。

下午 3 点,我离开她家。

临别时,七绪一次次低头致歉,说枉费我特意从东京过来,实在抱歉。

📝 2010 年 1 月 29 日(星期五)

她说身体已经恢复,我便去了她家,结果发生了意外。

她正说着话,突然间上气不接下气,当场倒地不起。

我让她躺到客厅的地垫上,观察她的状态。我几次问她感觉如何,却没有得到回应。

我守了她一阵子,而她没有醒转的迹象。

我在抽屉里找到了一套给客人用的被褥,于是取出毛毯盖在她身上。

这是殉情落下的后遗症吗?她的身体状况似乎比我想象的更糟。

就这么凝望七绪的睡颜并不无聊,不过我觉得久久停留在沉睡的女人身边有些不合时宜,于是决定离开。

我穿好衣服,对躺在垫子上的七绪说:"我先回去了。"她依然沉睡着,没有回应。我背上挎包,准备起身,就在这时,左手上传来冰冷的触感。

一只细白的手从毛毯里伸出来,紧紧握住了我的手。

我吓了一跳,看向躺在地上的她。

她用一双微微湿润的迷离眼睛看着我。不觉间,我险些就要陷进她难过的眼神里。但我一个用力，抑制住了自己。

七绪握紧我的手，微微浮起一个安然的笑，再次闭上眼睛。

她的手逐渐有了热气。

我没办法，只得又坐了回去。

阳光西斜至半时，七绪终于睁开了眼睛。

我放下心来，准备回家，结果被她劝住。她说连着两次没能好好配合采访，非常抱歉，希望我至少吃个晚饭再走，说完晃晃悠悠地站起身。

我客气地回绝，说可以等她身体恢复后再说，可她固执地不愿退步，说我几次专程从东京过来，她实在过意不去。

我最终没拗过她，决定吃完饭再回去。

系着围裙的七绪走进厨房做饭。我在身后看着她。

这是一间残留着昭和风情的厨房。三开门款式的冰箱相对还比较新，热水器和炉灶则相当陈旧。

大概是身体好转了一些，七绪手拿菜刀，麻利地给色泽好看的鸡腿去骨。一旁的大盘子里摆好了切得整齐的葱、白菜、蘑菇之类。晚上似乎是要吃鸡肉火锅。

晚上 6 点 50 分。

厨房隔壁的起居室里，我与七绪对坐在矮脚桌两边，一起吃晚餐。

锅中热气腾腾。鸡骨熬出的正宗白汤美味至极。我们就着用当地的酸橘榨的橙醋吃土鸡，醇厚的味道香得人连连咂嘴。

"不好意思，我只会做火锅。"

七绪一边用公筷往锅里下蔬菜一边说道。

"不，哪里的话。您身体不舒服还麻烦您，实在对不住。再说……我很喜欢吃鸡肉，这个鸡味道很醇厚啊！"

"嗯，我找了附近的农家，请他们把土鸡好吃的地方分给我。"

七绪的手艺确实不错，吃得人停不下筷子。

我窥视对面的她。

她几乎没怎么动筷，脸色也不太好，之前在厨房的时候看着还像是好转了……

我横下心，问她现在的健康情况如何。七绪放下筷子，客客气气地告诉了我。

她说，自那起殉情事件发生以来，她的身体就一直没有恢复正常。

她会突如其来地感到倦怠无力，无缘无故地发烧、呕吐、呼吸困难，有时会失去意识，甚至好几天都动弹不了。

这些无疑都是安眠药中毒的症状，然而 7 年前，她在殉情之际喝下去的安眠药已全部排出体外，不可能是诱发这些症状的直接原因。去医院也没查出身体不适的具体原因，医生说可能是心理原因所致。

在安眠药中毒的情况下，像她这样即便排出体内所有的安眠药，身体依然留下了后遗症的情况似乎并不少见。坚持接受心理疗法是根治的唯一办法，可她自事件发生以来便无法服用任何药物（只喝过一次医生开的处方中药，但喝下去没多久马上就吐了），症状因此没有得到任何改善。

没法正常就业也有很大部分原因在于健康问题。她不知道自己什么时候会陷入骤然昏迷、一整天都起不了身的状态。心中怀着不安的情绪，想来别说就业了，恐怕连打工都不顺利。

7年后的今天，殉情的代价依然在折磨着她。

回过神时，时间不觉间已过去许久。

我赶紧准备回家，然而七绪止住我，说已经赶不上末班电车了。

现在确实坐不上开到东京的电车了，不过到水户的电车还有，我心想要不要在水户站周边的旅馆住一晚。

"如果方便的话，今天能不能住在这里呢？最近我的身体实在不太好……一个人待着，心里特别不安……"

碍于情面，我最后留宿在她家中。

七绪在客厅里铺上崭新的客用被褥，然后回到里面自己的房间。

晚上10点，我就寝了。

2010年1月30日（星期六）

听到一声惊叫，我猛地坐起身。

我下意识地看了眼挂钟。

时间是凌晨2点多。

拉门外传来女人混着悲惨与痛苦的呻吟，我在被子里侧耳聆听了一段时间，声音没有止住的迹象。

我感到担心，随即走出客厅。

走廊昏暗，没有开灯，我凝起目光，慢慢往前走。

我在传出呻吟声的房间前停下脚步，感知房内的情况。痛苦的声音没有收敛的趋势。我隔着拉门问"你还好吗"，但没有听到回应。

我缓缓拉开拉门。

室内一片昏暗。借着月光，我凝起目光细细看去。

一间10平方米左右的日式房间，地板上铺了地毯。

窗边的单人床映入眼帘。床单、枕头等寝具乱作一团，床上没人。

我把视线投向声音发出的方向，床对面的桌子与家具的缝隙之间。

在那片黑暗的空间里，我看到了穿着运动衫、痛苦翻滚的七绪。

我没来得及细想，跑到她身边唤她。她一时间没有留意到我。喊了好几次后，她粘着乱发的脸转向我。

飘忽的视线。

颤抖的嘴唇。

顶着宛如被死神附身一般的模样，七绪向我飞扑而来。

她拼命抱住我，大概是一心想逃离痛苦吧。

我也环抱住她汗淋淋的后背，祈祷她的痛苦早些过去。

同7年前的那个时候一模一样……

我在影像里看到的，宛如地狱图绘一般的光景。

不过与那段影像不同的是，紧紧抱住痛苦的她的人不是熊切，而是我……

七绪的呼吸逐渐平缓下来。

她将脸埋在我胸口，安心地闭上眼睛。

我们拥抱了一阵。

我近距离感受着她的体温和气息。

我拢起粘在她脸颊上的黑发，白皙秀丽的侧脸显露出来。七绪缓缓睁眼，空茫的眼神投向了我。

心口紧得发涩。

这个殉情后幸存下来的女人，求生不得、求死不能的女人……我想把她从熊切的束缚中解救出来……

思及此，我的自制力瞬间瓦解。

我下意识地吻上七绪苍白的嘴唇。

然后，我紧抱着她倒在地上。

天色开始泛白。

七绪睡在我怀里。我悄无声息地环抱住她，以免把她吵醒，把她放在床上，自己离开了房间。

我走在微明的走廊上，心头笼着迟来的愧疚。我回到客厅，钻进完全凉透的被窝。

我跨过了不可逾越的界线。

强烈的自责将我淹没。作为媒体人，我失职了。可我无力抗争到底。

我情不自禁地抬起右手，凑到鼻端。

指尖隐约浮动着七绪留下的香气。

📝 2010年2月12日（星期五）

H市的人口约为5万，主要产业是借由平坦的土地与温和的气候发展出的农业，除去稻谷耕作，蔬果种植也十分兴盛。

H市东侧临太平洋，有绵长的南北向海岸线。听闻江户时期，这里被修整为发展水运的港口，曾经繁极一时。

早上7点——

我从位于高处的海滨公园眺望铅灰色的太平洋表面——

天气阴沉，下方的沙滩上几乎空无一人，海鸟啄食着泡沫塑料的残骸。

我与七绪已经同居了半个月。

从在这个城市住下以来，我还是第一次这样平心静气地看海。我双手抱着从入口处的自动贩卖机上买来还未开启的罐装咖啡取暖，远眺灰色的大海。

我回到她家。

拉开厨房的玻璃门，葱的味道弥漫开来。七绪正在准备早餐。

我在这里住下以后，她的病症再没大幅度发作过，没有突然倒地，身体状况似乎也不错。

我穿过厨房，走去隔壁的起居室。

矮脚桌上已经摆上了鲱鱼干、煎蛋、墨鱼煮芋头和一碟羊栖菜，像极了旅馆提供的早餐。

七绪用圆盘端着刚做好的饭和热气腾腾的蛤蜊味噌汤走进来，把饭菜摆到桌上。

我双手合十说了句"我开动了"，端起蛤蜊味噌汤。汤入口的瞬间，强烈的大海味道在口中弥漫开来。

我情不自禁地脱口说了句"真好吃"。七绪看到我这副模样，微微一笑。看到她的笑容，我心底松了口气。

七绪说，和我一起生活之前，她过得真的很颓废。尤其在母亲去世以后，她常常一整天不吃不喝。

"但我最近的状态真的很好。食欲也比以前好了……这都是××先生（笔者本名）的功劳。"

话音刚落，她的脸颊便如同染了朱色似的泛起红潮。

与七绪共同生活同样也让我感到幸福至极。看着与我一起吃早餐的她在我面前露出羞涩，我心中涌起无尽的怜爱。

半个月前——

与七绪发展成这种关系时，我曾为自己丧失了作为媒体人的资格而感到羞耻。我越过了采访者与受访者之间的界线。

但我并没有因此放弃采访。通过这样的接触，我得到了无法通过泛泛而谈的采访掌握的信息也是事实。或许，我应该贴近自己需要解开的"殉情的心路历程"……

这么想着，我就与七绪同居了。

我当然十分清楚，这是不正当的采访方式。

吃完早餐，太阳已经出来了，我们一起出了门。说是出门，其实就只是在家附近随便散散步而已。

冬天的田地割完了作物，冷冷清清的。在田边走了二三十分钟，七绪说想看海，我们就去了海滨公园。

公园里人影稀稀拉拉，都是带着孩子的家庭主妇或老人。

我们坐在高坡的空椅子上眺望大海。阳光透过云层缝隙照在海面上。

我们漫无边际地聊着天。

没多久，七绪断断续续地说起自己的过去。

她回忆了童年、家人。

她讲了怀着演员梦来到东京时发生的故事，因为沾着远亲关系当上永津佐和子助理时的喜悦……第一次拿到角色的日子，努力追梦的日日夜夜，以及看到自己天花板时的……挫败。

"成为佐和子小姐的助理，对我来说是幸运的，也是不幸的。接触了佐和子小姐后，我被迫认清自己没有那个天赋……对我来说，佐和子小姐是那么伟大。"

七绪说，永津佐和子对她恩重如山。其实，她父亲的工厂破产倒闭，家里背上巨额债务时，借钱伸出援手的也正是永津佐和子。

"我背叛了恩人……"

她遥望着浪潮涌动的大海，低声自语道。

出版禁止

📝 2010年2月15日（星期一）

今天起，我要回东京待上一段时间。

有几件事得处理一下，再就是半个月没回东京的家了，我想回去收拾收拾。

我先去了出版社。

我见了多日未见的责编，拿了要在下月中旬发售的四月号上进行刊载的稿件校样，还拿了将于明天发售的刊载了纪实报告连载预告的综合月刊杂志三月号。

连载的主题现在还没定好。预告上用的是临时标题《熊切敏殉情事件的真相》。差不多该定下正式的主题了。

大幅度调整报告内容的事之前还没和责编细说，我解释了目前的进展和接下来的调查方向（暂时没有提与七绪在一起生活的事）。

时隔半个月，我回到东京的家，整理了积压的信件。

📝 2010年2月16日（星期二）

我采访到了一个曾在熊切企业任职的人，对方要求匿名。事件发生时，这名女性在熊切企业担任财务——我总结了从她那里收集来的信息要点。

①熊切与新藤七绪的关系在公司里尽人皆知。

②当时公司的银行账户曾多次收到神汤尧的关联公司发起的大额转账。

③她曾听说过公司负责人熊切可能是神汤私生子的传闻。事件发生之初，公司内部悄悄议论过媒体何时会发现这件事。

神汤与熊切暗地里存在联系的事似乎毋庸置疑。

2010年2月17日（星期三）

下午2点。

我与曾任职某晚报综艺主编的人约在新宿碰头，向他了解相关情况。

据说，熊切与永津佐和子神仙眷侣的名头广为人知，但这其实都是表面现象。

佐和子结婚没多久就因熊切暴躁的性格饱受折磨，平日里时常遭受家暴。甚至有传言说，佐和子无法忍受长久不休的暴力，一直盼着和熊切离婚。

熊切敏的形象大变特变。

傍晚，我见了那个促成我调查熊切殉情事件的朋友，告诉他当前的情况，也坦陈了自己犯下重大错误的事情。

明天我还要再见一个发出过采访邀约的事件相关人员，我计划后天，也就是星期五回茨城。

📝 2010年2月19日（星期五）

下午 3 点。

时隔 4 天，我回到了茨城县的七绪家。

离开没几天，我却已经觉得十分怀念。

打开玄关门，系着围裙的七绪出来迎接我，她应该是正在准备晚餐。

七绪说，我不在的这几天，她过得特别不安心。

几日未见，她的脸色还不错，身体也没出什么大问题。我姑且放了心。

晚上 6 点 30 分，我们开始吃晚餐。她端上了用捕捞自近海的六线鱼做的炖菜和加入了鮟鱇鱼汤的味噌汤。

晚上 11 点，我与七绪在客厅铺的被褥里就寝。

📝 2010年2月20日（星期六）

凌晨 2 点多。

尖叫声激得我猛一下子坐起来。

一旁的七绪头发蓬乱，正在抠挠自己的喉咙。

刺鼻的臭味传入鼻端。枕边有一摊黄色的呕吐物。七绪尖叫着爬出被窝，在地板上翻来滚去。

我跳出被窝，从背后紧抱住她。七绪仿佛被恶鬼缠身一般发出惨叫，痛苦挣扎，想从我怀里挣脱出去。为免被她挣脱，我把全身的力气都灌注在紧抱着她的胳膊上。

我把脸贴在七绪大汗淋漓的背上，静静地等她恢复平静。

过了一会儿，哀鸣声渐渐低了下来，变为急促的深呼吸。

那股意欲从我怀中挣脱的力道急速减弱。我卸了力，把她的身体扳过来，面朝向我。

七绪的脸与白天相比，简直像换了个人——

粘着呕吐物的乱发，视线飘忽不定的眼睛，青紫的嘴唇微微抖动。

她是不是想说些什么？可我无法听清。

"……做……后……"

她哀求般地看着我，竭力想挤出话来。可我还是只能听清没有意义的破碎字眼。

"……在……在……"

没多久，她大幅度地仰起身体，尖叫出声。

剧烈的痛苦似乎再度自她体内侵袭而来，她又开始在我怀中激烈挣扎。

7年过去了，来自熊切的束缚依然犹如附骨之疽。

悲戚的殉情末路。

我不愿见她这副模样……可我不能故意视而不见。

呕吐物的臭味弥漫了整个房间。我忍住想吐的感觉，用力环抱住她。七绪呼吸急促，万分痛苦，眼角也在抽搐。我想减轻她的痛苦，可我唯一能做的只有不断祈祷她的痛苦可以早些过去。

她在我怀里挣扎了一会儿，最后止住动作，缓缓闭上眼睛。

她的痛苦似乎结束了。

我深深凝望怀中的她。

微微颤抖的青紫嘴唇，粘在皮肤上的凌乱黑发，苍白的脸。

我无法从这张脸上移开目光。

因为我无限怜爱七绪。我已确信，对我来说，她是一个无可替代的女人。我比任何人都更加爱她……

我们滚倒在被子上，如同初次交欢时那般……我轻轻吻上她被呕吐物浸湿、血色全无的嘴唇。

可她没有回应我的亲吻……

她只是继续闭着眼睛。

时间已经过了下午4点。

距离七绪发病已过去大概14个小时。她依然躺在地板上。

昨晚她发病的模样甚至让我感觉她就活在人间地狱里。

那是熊切给予独自存活下来的殉情"背叛者"七绪的考验。

熊切虽然身死，但他留下的诅咒仍然依附在七绪身上，不欲离去。这就是殉情之爱的结局吗？如此想来，七绪实在是可怜至极。

熊切临死前在视频里留下这么一句话。

只有到达此番境界的人才能体会到的终极快乐就等

在那里……

事实当真如此吗？熊切是真心这么想，因此才自我了断的吗？录像带里记录的殉情场景简直犹如一幅地狱图绘，怎么都感觉不出"终极快乐就等在那里"。

熊切为何要以殉情的形式终结自己的人生呢？

调整调查方向已有一个月，我与七绪共同生活了大概20天，却还没得出能够说服自己的答案。

熊切究竟为何决意殉情？

"心中"概念为日本所独有。也许，解读过往的殉情事件，就能发现隐藏在其中的答案。

"心中"一词在日本流传开来，大概缘起于近松门左卫门写的《曾根崎心中》吧。

剧本基本忠实再现了江户元禄时期，大阪堂岛的妓女与酱油店伙计殉情而死的真实事件。

妓女阿初与酱油店伙计德兵卫深爱彼此。然而某天，酱油店老板欲收德兵卫为女婿，并擅自把礼金交给了德兵卫的继母。

为恪守与阿初之间的誓约，德兵卫从继母那里拿回了礼金，然而归家途中，礼金被他情同手足的好友尽数骗走。德兵卫多次恳求好友返还礼金，最后却被好友当众痛斥为骗子。丢了需要还给老板的礼金，酱油店也回不去了，走投无路的德兵卫唯有以死证明自己的清白。

另一边，阿初也被木材行的豪客看上，提出要为她赎身。

对妓女来说，有豪客为自己赎身是求之不得的好事，可阿初却为此发愁，认为自己不能背叛德兵卫。

就在此时，德兵卫出现，告诉阿初"死前想再见你一面"。阿初由此知晓了情人的境遇。她怎么都无法想象没有了德兵卫，自己要如何生活。阿初也决心与德兵卫一起自杀。

两人手牵手走进曾根崎的森林中。他们解下腰带，把对方绑在松树上。随后，德兵卫确认完阿初的心意，抽出短刀刺入情人的咽喉，也了结了自己的性命。

在《曾根崎心中》讲述的故事里，两人选择殉情这个结局的很大原因在于德兵卫丧失了社会地位。

为恪守与阿初的纯洁爱情，悲剧接连降临在德兵卫身上。应该返还的礼金被人骗走，无法重回雇主手下。要想洗清骗子的污名，只能以死证明清白，德兵卫的此番心境自然是可以理解的。

然而选择与德兵卫殉情的阿初却似乎不至于走到如此地步。她要是爱德兵卫，应该还可以选择劝止德兵卫意欲自杀的念头，与德兵卫一起亡命天涯。

不过当时是元禄时期，结合时代背景来看，我也未必就能断言阿初的所思所想全然无法理解。

据闻，当时的烟花柳巷盛行游乐之风，真心爱上恩客的妓女为数不少。然而身为妓女，除了真心喜欢的人以外，她们也必须营造虚假的爱意，想单独对意中人表露恋慕之情难之又难。于是，她们或文上刺青，或赠予断发、断甲，有时甚至切下手指相送，以此作为"爱的证明"。

神汤的刺客

如开头介绍的那般，妓女们证明"心中"之爱的这种行为便被称作"立心"（双方交换约定时的"拉钩"行为就是为恪守爱的誓约，把切下的手指交给对方的"立心"行为是普及化后的产物）。

不过头发、指甲之类断了还能再长，切断一根手指也并不会给日常生活带来很大不便。为留住客人的心，也有许多妓女会利用"立心"之举，切除身体的一部分送给自己并不喜欢的人。

献出生命的终极手段于是便应运而生……为证明爱的忠贞，有情人共同自杀的行为，由"立心"转而被称为"心中"。

《曾根崎心中》作为人形净琉璃①剧目大获成功，受阿初与德兵卫的影响，实施"心中"而殒命的男女源源不断。"心中"流行甚广，以致江户幕府都发出告示，禁止演出这个剧目。

奇异的"心中"风俗就这么在日本扎下了根。

近年来，有岛武郎、太宰治等小说家殉情死亡的故事广为人知。尤其是凭《斜阳》《人间失格》为人熟知的太宰治，他的殉情由来至今仍是个谜。

真正殉情身亡前，太宰已反复经历过多次自杀未遂与殉情失败。1930年，他意欲与存在情人关系的咖啡厅女服务员

---

① 日本的木偶戏，由三个人分工进行操作，是日本四种古典舞台艺术形式（歌舞伎、能戏、狂言、木偶戏）的一种。

153

在镰仓投河自杀。当时，殉情的女服务员身亡，而太宰活了下来。

太宰不断将自己从自杀未遂和殉情经历中得来的独特生死观投射进作品当中。一般认为，对他来说，亲历自杀或殉情在某种意味上是为了"作品"。因此他的自杀、殉情终究只能以"未遂"告终。因为，如果真的死亡，他就无法留下"作品"。

自杀也是他的口头禅，他真实进行了反复效仿。由于通常都是效仿，因此他会在濒临死亡时生还。

——猪濑直树《太宰治传》

不过，1948年，他还是与当美容师的情人在玉川上水投河殒命。

以往的殉情事件中，即便对方死亡，太宰最终也都存活了下来。而这次的殉情，他真的死了，这究竟是为什么呢？

有一种说法是："当时太宰也没有赴死的打算，是被情人逼着殉情的。"

据说，从河里打捞出的太宰，表情十分美好安详，而情人遗体的外观则异乎寻常，这便是证据。

青紫色的舌头如同鹦鹉舌一般僵硬跳出……实在是一副凄惨而可怕的死相。

——山岸外史《太宰治其人》

神汤的刺客

这便是情人丑陋扭曲的死相。它喻示着女人落水时仍有意识,活活溺死在了水里。

而太宰的死相则十分安详。由此看来,太宰很可能在落水前已经死亡,又或是处于假死状态,而非在水中苦苦挣扎后溺亡。

也就是说,太宰落水时失去了意识,而情人则是意识清醒的状态——

"情人先是杀害太宰,或使太宰陷入昏迷,而后抱着他的身体跳了河"的假设由是得以成立。

那么,她究竟为什么要这么做呢?对此存在以下推测。

太宰的异性关系错综复杂。他有妻儿,除了这个女人以外还有好几个情人。真切感觉到太宰的心将离自己而去的女人如此陈述她的心境。

> 他对我说"要不要抱着赴死的准备和我恋爱呢,我会负责的",于是我抛弃了父母、兄弟姐妹,行走到狭小的世界里。
>
> ……
>
> 他怎能离开,我也有我的骄傲。
>
> ——猪濑直树《太宰治传》

女人不知太宰何时会与其他女人交往,然后离自己而去。她想通过"心中"的方式永远留在太宰身边。据称,她是用药物之类的东西迷晕太宰,然后带着他一同跳进了玉川上水。

那么，熊切又是什么情况呢？

七绪说熊切殉情的动机是"同时爱着两个女人，无法承受这种矛盾"。

真是这样吗？

他到底为什么策划、实施了"心中"呢？

我试着把他与《曾根崎心中》的德兵卫进行对比。

德兵卫是酱油店的伙计，社会地位不怎么高，而熊切是享誉世界的影视创作者。

事件发生时，熊切的公司虽然经营不善，但已经获得了神汤的援助。公司问题不太可能是导致他殉情的直接原因。应该说，熊切并未陷入德兵卫那般必须以死自证清白的窘境。

熊切身为纪录片作家，也是表达者的一个类别，由此看来，他与太宰有很多相通之处。

小说与纪录片尽管分属不同领域，但都同样追寻人类及社会的本质。熊切也在纪录片的世界里有着天才之称。他是否在日常磨炼感受能力，持续创作先锋作品的过程中，抵达了我等凡人无论如何都理解不了的境界呢？

不过，太宰与熊切的不同之处在于（如果前文提出的太宰"被迫殉情论"是事实的话），太宰并没有求死的打算，而熊切则是主动先行制订了殉情计划，然后实施了殉情。

熊切在视频里讲述遗言时这样说：

> 我已经知道，如果爱人爱到疯狂，坠入那份爱里，等在前面的就只剩下死亡……

他当真是为了与七绪之间的爱结束生命的吗？

我实在想不通。通过这次调查，熊切与父亲合谋炮制"虚假"的纪录片、对妻子施暴的世俗形象浮出水面，基于这种形象，我很难想象殉情的直接动机是他与新藤七绪之间的爱。

我想，是不是身为影视创作者的熊切遇到了某种瓶颈？因此他才选择将殉情这一具有冲击力的落幕方式作为天才纪录片作家熊切敏的终点？

熊切敏总在不断创作革新的纪录片作品，给我们带来震撼。作为生命尽头的终极大作，他选定的主题……即"我之死"。

他对新藤七绪的爱或许并非伪装。可会不会就连"与七绪的爱"都只不过是他拿来修饰自己死亡的"戏码"呢？

从这种意味上看，我想，熊切的殉情大抵是利己的行径，七绪是被卷入这场"自私落幕"的受害者。

也许七绪自己也像阿初与太宰的情人一般，从永远陪伴在爱人身边这件事上找到了属于女性的快乐吧。熊切是不是巧妙地利用了女人的这种心思，想为自己的死增添色彩？

因此，他坚持记录下了殉情全过程，为的是完成最后的"作品"，即自己的死亡……

可他的计划出现了重大失误，七绪活了下来。天才影视作家熊切敏最后导演的作品带着缺憾落幕了。

殉情事件已经过去7年了，她如今依然苦苦忍受着严重的后遗症带来的折磨。我无法自抑地觉得，这正是熊切对她令一生仅有一次的"策划"流产给予的"惩罚"。

晚上9点——

出版禁止

距离七绪发病已过去 19 个小时。

我静静拉开客厅的拉门。

七绪依然在昏睡。要是一直不醒……想到这里,我就忧心不止。

还是应该带她去医院吧?

📝 2010 年 2 月 21 日(星期日)

早上 8 点——

我准备煮粥。

我打开冰箱门,拿出菠菜、白菜之类的蔬菜。现有的食材就是这些,我准备做个蔬菜粥。

粥煮好了,我把它端到客厅。

我把冒着热气的粥放到躺在被子里的七绪面前。

今早,我实在担心,就叫醒了七绪,可她似乎还没有完全恢复过来。

我觉得她最好吃点东西,就想喂她喝粥。

我用木勺舀起粥送到她嘴边,可粥喂不下去,都洒到了地上。

我连忙拿抹布擦拭洒到地板上的粥。

下午 3 点——

我在厨房为明天的晚餐做准备。

晚上 8 点——

我给编辑发了封邮件，说我决定把之前搁置的纪实报告标题定为《神汤的刺客》。

我还提到，我用笔名"若桥吴成"，她用化名"新藤七绪"，请编辑把已经送过去的稿件修改过来。

2010 年 2 月 22 日（星期一）

七绪似乎不会恢复过来了。我留她在家，自己出门去附近的超市买东西。除了食材，我还需要买缺少的生活用品。

我走到生活必需品售卖区，买了垃圾袋、厨房用的海绵刷、除臭剂等等。

书籍售卖区有首都圈地图，我买了一本，因为七绪的车上没装导航。

买完东西，我回到家。

我走进厨房，拉开门，告诉七绪"今天的晚餐我做"。我从超市的购物袋里拿出买来的豆腐，放进冰箱，从冰箱的蔬菜区拿出白菜、茼蒿、舞茸之类的蔬菜摆到对面的料理台上。

切好菜，我从冰箱里拿出事先切好块的鸡胸肉和鸡腿肉，开始做烹饪准备。今天，我打算做七绪之前做过的火锅。身后的七绪面朝向我，像要见识见识我的水平一样。

30 分钟后，准备工作完毕——

我牵起七绪的手走向客厅。

我在盛着乳白色汤水的陶锅里放入切好的蔬菜和肉块。

陶锅里的汤是昨晚专程熬煮出来的骨汤,我心里拿不准,不知道能不能做出像七绪做的那样的好味道。

肉煮到不软不硬,正是最好入口的时候。我立刻尝了尝煮至淡红色的鸡胸肉。肉的甘美滋味溢满整个口腔,味道挺不错的。

可七绪根本没有动筷。

她还是不舒服吗?脸色也不好,我很担心。

2010 年 2 月 23 日(星期二)

晴——

今天,七绪的精神看起来好转了一些。

下午,我们俩又走到那座海滨公园。

气温虽然升高了,但天气挺不错,公园比平时热闹些。有遛狗的老人、闲聊的家庭主妇,放学回家的孩子们也闹腾地跑来跑去。

我找到上次坐过的高坡上的长椅,放下包,坐到椅子上。

上次来这里的时候,七绪给我讲了她的过去。今天她虽然没有明说,但看样子,她这次想听我的故事。我觉得自己的故事没什么意思,不过最后还是和她说了。

我讲了自己立志成为媒体人,当上杂志记者时发生的事情。新人时期经历的种种失败。辞去编辑工作,成为自由职业者,写的书第一次得以出版那天的喜悦。患病后停止工作的那段时期。2年前收到这次工作委托的事。我在这部纪实报告上倾注的雄心壮志——

她沉默而专注地听着我杂乱无章的无趣过往。倾诉告一段落后,沉默在我们之间蔓延开来。

我侧耳聆听舒缓的波浪声。

我忽地垂下视线,问了七绪一个问题。

我问她,之前病发的时候,她究竟想对我说什么……

然而七绪依然沉默不语。

她是不是不太希望我提起发病的事呢?我很后悔,自己似乎问了个不知轻重的问题。

回到家,七绪的身体状况又恶化了。是因为吹了海风吗?出门前人还好好的。

我看着七绪的脸。

我心中忐忑不安,担心她继续这样下去。明天带她去趟医院吧。

回过神来,我才发觉周身浮动着冰凉的空气,刺得脸颊生疼。我不经意看向窗外,雪正下得纷纷扬扬,难怪这么冷。我轻轻关上窗。

当晚,寒潮席卷全国,引发暴雪。

窗外仍下着大雪。

我担心不已,七绪会不会又像上次那样犯病呢。

她当时宛如被恶魔附身了一般。我不想再看到那个样子的七绪,我盼着她尽早走出不祥的殉情带来的创伤,找回原本的自己。

经由采访，我强烈地感受到，她变成现在这样都是拜熊切所赐。

我原本视熊切为令人敬重的媒体人，而现在，对他的敬重已经产生了大幅度动摇。

理由有三——

利用父子关系，与神汤尧勾结、"合谋造假"。

对妻子永津佐和子施以常态化暴力。

将新藤七绪卷入自私的殉情。

新藤七绪如此饱受折磨尽是由于熊切。如果他真的爱七绪，看到七绪现在的样子，他会作何感想？他仍然能说出殉情里"有终极的快乐"这种话吗？

对已经离世的人说三道四或许毫无意义，可看到七绪现在的样子，我对熊切的敬畏之心消失殆尽，如今留下的唯有近乎憎恶的情绪。

因为一次自私自利的殉情，七绪白白断送了27—35岁这段女人一生中本应最为绚丽的时期。无论如何，我都要把她从殉情的诅咒中解救出来。

这是怀疑并深深伤害了她的我应赎的罪。

📝 2010年2月24日（星期三）

今天，我第一次和七绪闹了矛盾。

早上起床后，我就立刻劝七绪去医院做个详细检查，而她背转过脸，固执地不肯听劝。我锲而不舍地苦苦劝说，却得不到任何回应。

"这么不管不顾，你身体好不了的，不知道什么时候还会再次发病。"

我都这么劝了，她却连一个眼神都没给我。

这是她第一次如此直白地表露自己的情绪。我强行把她的脸转过来，继续劝她去医院，可她丝毫没有听劝的意思。

非但如此，耳中更是听到她说不想再听我唠叨，要我出去之类的话，我气得血液一下子冲上脑门。

我一言不发地起身，狠狠瞪了眼躺在脚边的七绪，然后猛地关上门，冲出家门。

昨晚雪已经停了，田野都覆上了白色。

我踩在田间道路的积雪上，踉踉跄跄地走着。

冲出门时只穿了件开襟毛衣，这会儿冷得像要冻住了一样。可我不想折返回去。

我跑了起来，以此驱散寒意。腿脚陷在雪里，好几次险些摔倒，不过总算成功忽略了冷气。

跑了差不多10分钟，我到了那座海滨公园。剧烈的心跳还未平息，我右手扶腰，放慢脚步走进公园。

四下无人。

我走到可以看到大海的高坡上，长椅周边都被白雪覆盖。我没心思为了落座再去把雪扫开，就只站在那里调整呼吸。

与七绪共同生活已有一个月——

她的身体一点也没见好。并且，我原本以为或许可以通过与她的密切接触明了男女殉情的"心境",说实在的,在这一点上也难说有什么进展。

  有些时候,与受访对象建立私人关系可以挖掘出泛泛而谈的采访看不到的东西,不过另一方面,这么做也有很大的弊端。

  如果接触过深,可能就无法看出眼前发生的事态全貌,严重缺乏客观性。

  即便在与七绪建立了亲密关系的当下,我依然有意识地让自己对这一点保持警醒,可我时而也会感到不安。我怕自己陷得太深,可能会忽视一些重要的事情。

  我是不是应该和她分手,离开她家?

  可我办不到。我不想丢下她。再说了,我……发自内心地被新藤七绪这个女人吸引,不愿离她而去。

  对她而言我究竟意味着什么呢?七绪是怎么看待我的?

  她内心是不是还残留着对熊切的恋慕之情?熊切人都死了,她还这么痛苦……

  我看不到七绪的心。

  我想看到七绪的心。

  在公园走了大概20分钟,我回到家里。

  七绪仍然躺在我离开时的老地方。

  不过,她似乎没在生气。啜泣声敲击着我的心,我为自己的一时冲动懊悔不已。

  我情不自禁地抱起她的脑袋埋入怀中。

  我感觉她无比惹人怜爱。

  当晚,我们上床后,紧紧抱在一起。

然而……无论如何用力抱紧她，我还是无法看清七绪的心……

📝 2010年2月25日（星期四）

我现在的心情正在剧烈动荡。

因为我懂了。

七绪想表达的意思——

她潜意识里想从我这里获取的东西。

昨晚深夜时分，她又一次向我倾诉了什么。

在无意识中，用不能称之为声音的声音……

我想听懂她在说什么。我集中全部精神，耳朵贴到她青紫色的唇边。

然后……

我懂了。

七绪对我倾诉的话语……

它很可怕。我也犹疑着，不知是否要用文字表达出来。眼下我实在不想记录在此。我甚至觉得，如果可以的话，还是不懂为好。

现在，时间过了下午5点。

太阳已开始西斜，七绪却没有醒来的迹象。

我不打算和她提这件事。

📝 2010年2月26日（星期五）

鸟叫声将我唤醒。

庭院里正对着客厅的松树上飞来了几只斑鸠。

今早的气温似乎没昨天那么低了。

上午，我决定给家里来个大扫除。

我打开吸尘器，拿抹布擦了厨房和走廊的地板，将积攒的厨余垃圾丢进塑料桶。室内的空气多少有些闷，我喷了之前在超市买的除臭剂。

大扫除结束，我舒了口气。

七绪还没有起床。

我轻轻打开门，查看她的状态。

她的身体一天比一天差。皮肤黯淡无光，血色也在流失。即便如此，我依然觉得她很美。她鼻梁秀挺的侧脸有时甚至让我感觉到神圣。

我盯着她的脸看了一会儿。

我真真切切地觉得，与她共度的时光于我而言无可替代。

📝 2010年2月27日（星期六）

昨晚发生了一件事。

我不由得怀疑自己的耳朵。

神汤的刺客

　　希望你马上离开这个家……

　　七绪不似上次吵架时那般激动，她这次极为冷静。
　　为免再犯下之前那样的错误，我也极力压抑自己的情绪，固执地说除非明白为什么，否则我不会离开。七绪自始至终神色冷硬，说继续这样生活下去，我们两人将会面临不幸，她可能会引我走向毁灭。
　　我强硬地回应说，绝不会发生那样的事。可她就像丧失了全部的感情一般，用冷淡的目光瞄着我。

　　……我感觉身体里似乎还有另一个自己。那个我在想，你杀了我……杀了我吧……

　　冲击令我头晕目眩。
　　七绪果然还记得，记得病发时说过的话……
　　我一直在刻意装傻，把七绪潜意识里的欲求掩埋在自己心中。

　　杀了我吧……

　　这不只是潜意识里的愿望，她已经醒觉。
　　脑海中刻印着七绪的坦陈——
　　她说，开始与我共同生活时，她觉得自己或许找到了活下去的希望，然而愿望并未成真。身体的不适没有丝毫好转，

出版禁止

日复一日恶化下去。继续活下去简直就是生不如死……她果然还是不能活下去。所以，她想死。既然要死，她希望能被自己真心爱慕的我杀死。那是她的心愿。而内心如此期盼的她非常可怕……

她没有像病发时那样意识不清，也没有情绪激动。她极其冷静。我于是想，那大概是她的真心话吧。

如今的我当然不可能杀了她。

留给我的唯有离开这个家，与她分离这一条路吗？

她对呆愣的我发出最后一次告知。

我不想再让你看到我日渐颓废的可怜样——

所以，我希望你尽快离开这个家。如果你不能，就请行行好杀了我吧。用你的那双手……

这是我希望你成全的最后一个愿望。

昨晚，我彻夜未眠。

无能为力的感觉深深折磨着我。

我还是救不了她吗？无法把她从7年前的束缚中解放出来，还只能束手无策地眼看着珍视的人凄惨地毁灭吗？

七绪昨晚的面容深深烙印在我的脑海里，挥之不去。

你果然不爱我啊……

她冷淡的目光宛如对我发出了如此拷问——

然而我也有同样的想法。

她清楚明白地表示"真心爱慕"着我。这是真的吗？她的心难道不是依然为熊切所掌控吗？她不是受困于与熊切之间的"堕落之爱"，期盼着早日去往熊切等候着她的另一个世界吗？

我的心疼痛欲裂。

对熊切强烈的嫉妒控制了我全身上下。

身体与心都快被嫉妒的烈焰烧焦。

我爱七绪爱到发狂。

我想证明对她的深沉感情……

📝 2010 年 2 月 28 日（星期日）

不行。

绝对不行。

脑海里浮现出一个可怕而复杂的幻想——

与此同时，它又是解决我与七绪之间问题的最优方法。

我无法即刻将它从脑海中赶走。

不行。

那个办法绝对不行。

出版禁止

📝 2010年3月1日（星期一）

七绪的身体状况进一步恶化。

我究竟要怎么做才好？有没有什么对她、对我都有用的办法？

七绪的眼睛似乎要对我诉说些什么。

求你了……快点、快点……杀了我。

我左右为难。

不知如何回应才好。

你不爱我吗……

怎么可能？我比任何人都发自内心地爱着七绪。

这么显而易见的事，她为什么就不明白呢？她不懂我的心意，我感觉特别焦躁。

我发自心底地珍爱她。为了她……为了她……

📝 2010年3月2日（星期二）

下午2点——

万里无云的晴天。

我坐在海滨公园那把常坐的长椅上，眺望早春时节的大海。

海上吹来的风还带着寒意，不过已能隐约感知到春天的气息。冬天即将过去。

今天，我下定了决心——

说到底，从遇到七绪的那一刻起……不，是从开始调查熊切敏殉情事件那时起，似乎就已经定下了这个结局。

几乎整整两天没有合眼，我却神思清明。

我高举双手做了个深呼吸。冰冷的空气流进肺里，我感觉身体都绷紧了。

七绪会说些什么呢？她会接受我的提议吗？

不过，就算她反对，我也不打算退步。我的决心绝不动摇。

要想实现她的愿望……

以及，要想证明我们之间的爱……

这是唯一的办法。

📝 2010 年 3 月 4 日（星期四）

车窗外是尽覆白雪的八岳风光。

隔了差不多 3 个月，我又一次来到山梨县 ×× 町的盘山公路。我开着七绪的小型汽车，让七绪坐在副驾上。

离开茨城县是在上午 10 点。我本以为约莫 4 个小时就能到，结果现在已经过了下午 4 点。路上一共耗费了大概 6 个小时。

一路不怎么堵，不过小型汽车开不快，再加上上高速前又去买了些东西，导致用时比预计的多。

我瞥了眼副驾。

七绪戴着浅红色的针织帽。从方才起，她就一直一言不发地看着窗外。时隔 7 年再次见到这番风景，她现在是什么心情呢？

前天晚上，我向七绪提出殉情——

一开始，她没有接受我的提议。我花了很长时间，耐心告诉她自己的想法。

我说，这是最好的解决办法……要想实现我们的结局，我们只能走这条路……最后我说："没有了你，我就没有往后的人生。我不能把你一个人送到那个世界。无论发生什么，我们都要一起面对……"

七绪沉默不语。

我情不自禁地抱住她。

对于我的提议，七绪既没有表示同意，也没有表示反对。唯有恸哭声在我心头震荡。

下午 4 点 10 分。

我们抵达"南阿尔卑斯·××度假村 & 别墅"。

我先在管理处门前停了车，从管理员伊藤那里拿了钥匙。昨天我已打来电话告知调查意图，同时也订了在那栋别墅里住宿。七绪没下车，坐在车里等我。

拿了钥匙，我再次回到车上，驱车离开。

周边的森林依然残留着厚重的积雪，为方便开车通行，通往别墅的林间道路已经扫了雪。

开了一段时间，那深绿色的三角形屋檐出现在我眼前。我侧目探视七绪的反应。她依然沉默不语。

别墅到了。连廊边的停车空间覆盖在茫茫白雪下，一个脚印都没有，说明最近没人住过这里。

我怕车子打滑，小心翼翼地把车开到雪面上。小型汽车的轮胎压过了冰雪。

开进停车场，我停好车，熄了火，拿起放在座位上的旅行包下了车。阳光倾泻下来，可打在脸颊上的风还是寒冷刺骨。

我绕到玄关，用伊藤给的钥匙开了门。我打开结实的木门，和七绪走进别墅。

起居室用剥了皮的圆木搭建而成，备置有各种山间小屋常见的日常器具。我把包放在房间正中的藤编沙发上，窥探七绪的模样。她静静地仰望着房间。

选择这栋别墅作为殉情地点的人是我。

我究竟为什么决意在这个颇有渊源的地方实施殉情呢？

这是我对熊切敏发起的挑战。

我决心赴死当然是为了证明与七绪之间的"誓约"，不过除此以外还有另外一个很大的原因，那便是完成这部纪实报告。

这次，我犯了两个严重的错误。尽管我尽力调整方向，继续采访调查，但醒转过来时，已与七绪发展出深爱彼此的恋人关系，我自己变成了殉情的实施者。

这次的调查激发了太多颠覆设想的事情。

可调查往往就是如此。

调查过程中出现意外、事故频发才够刺激，也有行动的意义。我认为，这种情况下写出的报道才有出人意料的效果，能够勾起读者的兴趣。

即便如此，我是做梦也没想到自己竟会决定实施殉情。而且我也从未听闻过"深入触达殉情全程的非虚构作品"。莫非我的作品将成为世界首例？要知道，采访者自己都将亲身经历殉情。

这部作品的内容若是太过极端，可能就会遭遇其他力量干涉，由此搁置刊载。预告已经发出，一旦终止刊载，我也将愧对编辑。

可这次，即便未能刊载，待我死后，这部作品应该也会以其他什么形式面世。那一瞬间也将是我超越熊切敏的时刻。

作为圆满终结与七绪之间的纯洁爱情，亲身经历了殉情的纪实报告作家，我的名字将会响彻整个媒体行业。这是熊切都无法做到的事。

正因于此，殉情上演的地点只能是这栋别墅。

下午4点35分。

我走出别墅，打开汽车后备厢，拿出相机包。这是七绪家里的摄像机，我带着它，来记录我们的殉情。

回到房间，我从相机包里拿出摄像机。这是7年前熊切使用过的老机型。我开了机,检查拍摄功能是否正常。

我按下录制键,拍了会儿室内。电量所剩无几,不过不影响拍摄。我举着摄像机走到沙发边,把镜头对准沙发上的七绪。

七绪的身影出现在取景器中——

浅红色的针织帽十分衬她。可她脸上毫无生气。

我们似乎已经没有时间了。

晚上5点多。

气温急剧降低下来。烧起柴火炉取暖的念头诱惑着我。我忍住诱惑,加了件毛衣御寒。

刚到别墅,浓烈的睡意立马袭来。这几天里我没睡过一次好觉。今天也是一大早就开始做各种准备,又开了很长时间的车,大概实在疲倦了吧。今天我要早点休息。

打开和式房间的窗户,太阳已半落入湖面水平线之下。

云与湖面都被染成鲜明的暗红色。

我们出神地凝望眼前的光景,直到太阳完全落下。

这是一次司空见惯的日落,但对我俩来说却宛如奇迹发生的瞬间。

因为,这将是我们人生中看到的最后一次日落……

2010年3月5日(星期五)

深夜2点——

手机闹铃将我唤醒。我拿起放在枕边的手机,按停闹铃。

我披上羽绒服,打开玄关外的灯,穿上鞋,打开结实的玄关门。冰冷的空气刺痛脸颊,一下驱散我的睡意。

外面起了薄雾。我踏在雪上,走到连廊旁的停车区。我打开小型汽车的后备厢,拿出装在纸袋里的东西。

回到房间,我开始准备。

第一步,把收集的安眠药和市面上卖的其他药品摆在木餐桌上。

安眠药是昨天我装成睡眠障碍患者,从七绪家附近的神经科医院拿到的。不过单日能拿到的剂量有限,我于是又上网查了如何用市面上贩卖的药寻死。

具体怎么做不能说,不过可以举个例子,有些非处方类的醒酒药里面就含有和安眠药一样的成分。据说把市面上的药物和处方安眠药混在一起吃就足以达成死亡计划。这一路过来花了不少时间,就是因为中途去了一家又一家药店、药房,购买了大量需要的药物。

放完药,我从纸袋里拿出红酒。这是瓶波尔多红酒,因为怕在开车过程中被打碎,我用浴巾包着带了过来。酒有些年头了,按照现在的行情,得值5万日元以上。这辈子最后一次了,奢侈点应该也没什么关系。

我从橱柜里的餐具架上取出两个红酒杯,摆到波多尔红酒旁。

我把摄像机放到餐桌上,开机调好角度。7年前,熊切试图殉情时,镜头对准的是和式房间。我设置了相反的方向。

这么做没什么特殊意义，硬要说的话，不过是我觉得做些改变比较好罢了。

餐具架上有冰桶，我把收集得来的药物全部放进冰桶里，用事先备好的研磨棒细细捣碎。这么做是为了倒进红酒里喝下去的时候更容易溶开。7年前的视频里，七绪用的是搅拌棒，看起来捣得很吃力，我便从她家厨房里带来了研磨棒。

磨得差不多了，我停下来歇了口气。准备工作大体完毕，时间已经快到凌晨3点了。

我从文件包里拿出笔记本电脑，坐到餐桌边，打算趁着这段时间，先把昨天到今天的报告写完。

窗外渐渐泛白。

我停下敲击键盘的动作，打开和式房间的窗户。

黎明前的青白色湖畔笼罩在浓雾中。

快到早上6点了——

再过几个小时，我就要迎来死亡了。

如果此刻还有另一个我，他会如何采访现在的我呢？

"您现在心情如何？"

"出乎意料的平静。不如说是畅快。"

"您不害怕死亡吗？"

"其实，说不怕是假的。但这是我和她唯一的选择，我不能退却。"

"您为什么决定殉情呢？"

"有几个原因。一是为了给予受殉情后遗症折磨的她安乐的死亡。二是为了定下我们爱的誓约……还有第三个原因，是为了完成这部纪实报告。刚开始调查这件事的时候，我还没能深刻地理解'以死证爱'的感情，可如今不一样了。我强烈而真切地感受到，死亡成就的爱是真实存在的。"

"是吗……懂了……下一个问题。那您真的相信新藤七绪爱您吗？"

"当然。我之所以殉情，就是为了证明我们爱的誓约。"

"您有没有可能是被骗了呢？"

"被骗？……为什么这么说？"

"她是不是想假装殉情，借机杀了您？"

"不可能。提出殉情的是我不是她。"

"真是这样吗？她没有巧妙地引导您殉情吗？为了杀您，新藤七绪将您诱骗到家中，装病蛊惑您，攫取了您的心。您完全中了她的计。"

"不是这样的。你在胡说些什么？"

"要不要由我来为您揭示一件事？您之所以被她吸引，是因为她身上的气息。她透露出来的……死亡的气息……熊切也在视频里说了，男女之间的爱，原本奔向的是生儿育女，寄托未来希望的生……然而与她相爱后，熊切的心偏向了与爱的本质，即生完全相反的方向。'死亡的气息''堕落的爱''殉情'。您虽然嘴上说无法理解熊切的心情，可实际上心里的某一处对殉情抱有近乎强烈憧憬的感情。七绪巧妙操纵了您的这种感情，欺骗了您……"

"她有什么必要欺骗我?"

"这个,我还没弄明白。会不会是因为您'知道得太多了'?那些事您不该了解过深……其实,熊切的殉情……"

我驱散脑海里那个令人厌恶的声音。不可能。不可能……七绪爱我。我也爱七绪……

所以我才要为了证明这一点自我了断。我们的誓约即将接受考验。七绪究竟爱不爱我将得到证实。

上午7点15分——

我开启摄像机,放到餐桌上。

我调整好方向,让对面的七绪出现在镜头里,随后按下录制键。

她的眼睛在对我强烈倾诉:继续活下去太痛苦了,请快些让我死去吧。

我把先前捣碎的安眠药和市面上的药物粉末分着放进两只红酒杯里。粉末占了玻璃杯容量的一半。我用开瓶器打开酒瓶,倒入红酒。

我拿搅拌棒搅开两杯酒,放到各自面前。

准备完毕。

为彼此殉情的时刻终于到来了。

我拿起自己的那杯酒,和七绪的杯子碰了个杯。

她的肤色与其说是白皙,不如说是苍白,嘴唇也没有血色。可怜的七绪。我想让她早些解脱。

"……好了，我们一起去死吧。"

我深深看着七绪的眼睛说道。七绪那似乎想凝聚起最后的力气回应我的眼眸揪紧我的心。

我刚刚的想法多么荒谬啊！

现在，我们的爱情就要经受考验了……七绪骗我这种事根本毫无可能。她明明那么爱我……

她如此惹人怜爱，我简直要被爱火烧焦。对我来说，她是不可替代的女人。

为了她……为了她……

我在心中呼喊着"死也甘愿"，下定了决心。

我用颤抖的手拿着红酒杯。几种安眠药捣碎的无数粉末在血红的波尔多酒液中浮动。我把酒杯缓缓凑到唇边。

我横下心，猛一下灌进喉咙。

酸味浓烈的红酒侵入口腔。

酒流过喉咙时，留下了粉末的颗粒感。不能犹豫了。我一鼓作气地喝完了酒杯里的所有红酒。

我被酒呛住，连连猛咳，赶忙把酒杯放回桌上，从裤子口袋里掏出手帕，擦掉了唇角的残酒。

最终，我喝下了达到致死剂量的安眠药。接下来就轮到七绪了。我边用手帕擦嘴，边把视线投向七绪。

七绪——

七绪——

七绪——

她眼神空洞。

仿佛失去了所有的感情……

她的酒杯依然放在桌上……她没有端起来喝的意思。

一片死寂，时间都仿佛静止了一般——

唯有摄像机还在继续录像的机械音在虚空中回响。

七绪完全没有行动的意思。

我的后背打了个哆嗦。

"你看吧。"大脑里的另一个自己嘲笑着我。我立刻把泛起的恶俗笑声从脑海里赶走。

不是的……

她只是因为7年前留下的后遗症而犹疑着不敢吃药罢了。接下来，她肯定会喝掉酒杯里的液体。

用不着着急。安眠药起效还需要30分钟到一个小时。我还有时间。

我缓缓起身，拿起餐桌上的摄像机。摄像机仍在工作，我把镜头对准七绪，调整焦距。

七绪的脸占满了整个取景画面。

她看都不看镜头一眼。

其实，有个问题我实在很想问她。在去往彼岸的世界之前，唯有这件事，我必须确定清楚……

于是，我决定对她进行最后一次采访。（以下是我与她的问答记录整理稿）

出版禁止

🎙 新藤七绪·第四次采访·录音

Q：我已经没时间了，就开门见山问了。你真的爱过熊切吗？

——为什么这么问？

Q：你给我看了殉情视频后，我从开始调查以来就抱有的推测——熊切殉情是假象的想法彻底颠覆了。

可与你有了亲密关系，深入了解了叫作新藤七绪的这个女人后，我越发感到困惑。熊切敏还不足以令你迷恋至深。你其实根本就不爱他吧？我不是出于嫉妒或其他什么才这么说，我就是单纯有这个感觉。然后我确信了，那场殉情果然就是假象……

——不，是真的。你不是也看了那个视频吗？

Q：在那段视频里，熊切本人确实明确表达了殉情的意愿，也主动喝下了混有安眠药的烧酒。

所以我看了视频后，也曾以为殉情真实发生过。然而与此同时，我也产生了这样一个疑问。熊切为什么要那么详尽细致地拍下殉情的全过程呢？从写遗书，对着镜头留下遗言，直到喝下安眠药殒命的瞬间，他坚持拍下了一切。他究竟为什么要做到这种地步呢？

——大概因为他是影视创作者吧。

Q：对，他是影视创作者，因此才想以影视的方式留下自己的殉情过程。也就是说，那段殉情视频是影视作家熊切敏的"作品"。

太宰治给了我启发。有一种说法认为，太宰或许是为了创作小说这一形式的"作品"才反复实施自杀、殉情。如果熊切殉情的目的和太宰一样……

想到这里，我立刻就摸到了殉情事件的线索。原来如此，对熊切来说，那次的殉情就是他的"作品"。一部由秘书兼情人的你制作，熊切导演的影视作品。

如何，被我说中了吧？

——我不知道熊切有没有把殉情当作他的"作品"。不过这个和殉情是假象的判断没有任何关系吧？

Q：熊切一开始就没打算死，不是吗？

那段殉情视频是假的（仿造）。换言之，他不过是在摄像机前"表演"殉情罢了。至少熊切是那么打算的。因此，他在摄像机前写下遗书，诉说遗言，"装出"要殉情的样子。

看到那段视频时，我一时间也信了，相信熊切不是被人杀害，而是为了证明与你的誓约自我了断的。于是，我调整了采访方向，想要弄清楚他怀着怎样的心情走到了殉情的地步。可越是深入调查，越了解熊切这个人的本质，我就越难以相信他是真的想要殉情。本来就是这样，他根本没打算死。

熊切敏这个纪录片创作者总在持续不断地发表出人意料的作品。你手里那三盒传说中记录了殉情始末的录像带，其实是你们两个秘密策划拍摄的下一部纪录片作品。套用电影宣传语的风格，就是"划时代的影视创作者熊切敏拍摄，展露其与情人殉情全过程的震撼之作"。为拍摄这样的"下一部作品"，你们来到了这栋别墅。为了震撼世人，你们两人守着这个秘密，没告诉公司的人，也没和任何人说……

是你建议熊切制作一部模拟殉情的纪录片的吧？熊切同意了你的策划。你们在别墅拍摄彼此，表演出准备殉情的样子。只有一样是真的，那就是你准备的安眠药。

——我要这样的心机有什么必要呢？再说我也喝了安眠药，还是在熊切之前喝的……

Q：你建议熊切拍摄这部作品，是为了"伪造"殉情的假象。事实上，正是视频证明了你的清白，也让我相信了一切……

至于你说"在熊切之前"喝下了混有安眠药的烧酒，准备安眠药的人本来就是你啊。

往烧酒里放捣碎的安眠药时，你在其中一个杯子里加了看着像安眠药的药片，比如营养剂什么的，以此蒙混过关，稀释了安眠药的成分吧？你们原本就是假装殉情，因此即便有形似安眠药的其他药片，熊切也不会起疑。

神汤的刺客

接着，你先一步端起玻璃杯。这就意味着你拥有选择权，你在混了安眠药和烧酒的两个玻璃杯中，选择了安眠药药效更弱的那一杯……

先于熊切喝下安眠药的事实也证明了"你自己也有自杀的意愿"。事实上，就是因为拍下了这个画面，你才逃脱了罪责。

殉情前一天给熊切的妻子永津佐和子发出"自杀预告"短信的人也是你吧。决定实施殉情那天，你趁熊切不注意，冒充熊切，用他的手机发出了那条短信。

你究竟为什么要这么做呢？是为了多加一层保险吧。虽然你的安眠药摄入量比熊切少，可要是发现晚了，你还是有可能丢掉性命。你必须从这场殉情中生还。于是，为了尽早被人发现，你通知了佐和子小姐。

——不是这样的。我为什么要费那么大功夫杀熊切呢？

Q：因为你是"刺客"。你一开始就是为了杀熊切才进入熊切企业，借机接近熊切。然后，你诱惑了熊切，成为他的情人。

你的演技很好，彻头彻尾地演了一年多的"情人"角色。你真有成为著名演员的潜质。

我也为你堕入殉情的陷阱，被你完全投入"情人"角色的演技骗得彻底……

——不。我没有演……我说过很多次了，殉情是真的……再说了，熊切可是神汤尧的亲生儿子。你不是已经否定了神汤派刺客杀害熊切的推测吗？

Q：是，我也被这一点绊住了。可仔细想想，想杀熊切的人不一定只有神汤。事实上，听说熊切遭到很多人怨恨……于是我就想到，迫切盼着熊切去死的莫非另有其人……

有的。我想到了一个人……

上次回东京的时候，我见过那个人，那个把你作为刺客派到熊切身边的人……

——……你说的是谁？

Q：通过经纪公司约不到，我就没有预约，直接去了她家拜访。我一报出你的名字，立刻就见到了永津佐和子小姐……

——……

Q：我找曾在熊切企业工作过的森角了解情况时，他告诉我，在熊切家中的电脑里发现熊切曾浏览过别墅主页的人是他妻子。一开始听到这个消息的时候，我没太往心里去，可随着采访深入，各种事实变得明朗，这件事就引起了我的注意……

佐和子小姐应该清楚吧？她知道殉情地点是这栋别墅……为了让你"生还"，她把这个地方说给森角听……最开始告诉森角熊切要自杀的也是佐和子小姐。她早就知道你和熊切准备殉情。基于这个假设,很多事情也就无所遁形了。

你对我说,你和永津佐和子是远房亲戚。在你父亲的工厂破产,家中负债累累时,出钱救了你全家的人正是永津佐和子。

不只救了你们一家,她还让你做她的助理,给你开辟了梦想中的演员之路。她对你恩重如山。

你之前则我说过,你从永津佐和子那里学到了很多为人处世的道理。你发自内心地敬重她。毫不夸张地说,她不只是你想要成为的那种女演员,也是你人生的目标。

所以,你无法视而不见吧?对佐和子小姐面临的困境……

永津佐和子本来是一线女演员,然而嫁给熊切后,她的人生发生了巨变。他们表面看起来恩爱,实际上并非如此。听说她平日里时常承受熊切的暴行,不堪其扰,想与熊切离婚。可因为某种原因,她又绝不能离婚。那个原因……是录像带吧?

——……我不清楚。

Q:熊切有拍摄自己性爱场面的癖好。事实上,那段记录殉情的视频……里面就有你和熊切交欢的场景。不难想象,他想必也拍摄、收藏了和身为知名演员的妻子交欢的场景。

无休无止的暴力和淫猥的性癖。永津佐和子厌恶这样的熊切，多次提出离婚。但熊切绝不会放过身为知名女演员的妻子。他是不是要挟佐和子小姐，说要公开视频？视频一旦传开，永津佐和子的演艺生涯就宣告终结了。她思来想去，最后决定杀了熊切，用把自己包装成最大受害者的，不为人知的手段……

于是，佐和子小姐决定把你作为刺客派到熊切身边。她对你有恩，你无法违背她的命令，就按照她的指示当上了熊切的秘书，甚至成了他的情人。接着，你花了一年时间伪造殉情，杀害了他。

——错了……

Q：哪里错了？

——……佐和子小姐和这件事没有关系。

Q：没关系？什么意思？

——所有的一切都是我自己的意思。佐和子小姐一无所知……我自小就崇拜她，能和她当亲戚是我唯一值得骄傲的事。作为一个人，她也特别出色。如你所说，她对我恩重如山。

我当她的助理不是因为憧憬成为演员，而是因为憧憬成为她那样的人。所以，我不能眼睁睁看着佐和子小姐受苦受难。我无法原谅熊切。于是我自己想了个办法……

Q：你终于承认了。我第一次采访你的时候，你说"熊切在为人方面存在欠缺"。可当我问你缺陷是什么的时候，你说事关他的名誉，没有正面回答。

我心里一直放不下这件事。你其实对熊切怀有强烈的憎恶吧，你憎恶他不断施与暴行，拍摄色情视频，践踏你所敬重的佐和子小姐的名誉……

刚刚这番话，我也试探着和永津佐和子小姐说过。她既没承认也没否认，只是一直哭个不停。

——是吗……自从那件事发生以后，我就再也没见过她了……

Q：现在回到最初的问题。你爱过熊切敏吗？

——……为什么问这个？

Q：我已经没时间了，回答我吧。

与你结合，心意相通以后，我希望殉情是假象的出发点已经和刚开始采访时不一样了。

我疯狂地爱着你。从遇见你的那一刻起，我的心已经被你俘获。我们结合的那天，我真的幸福到了极点……

所以，我强烈地嫉妒熊切，嫉妒让你爱到"死也甘愿"的熊切……

可如果殉情是假象，那又另当别论了。如果真是这样，别说爱了，你甚至强烈憎恶着熊切吧？恨到伪造殉情的假象都要杀了他的地步……你其实对熊切没有丝毫爱意吧？这么想着，我就开始拼命寻求真相。

告诉我吧，你爱过熊切吗？

——……刚刚……你自己不是已经弄清楚了吗？

Q：好，最后一个问题。

你爱过我吗？

采访结束。

七绪沉默到底，没有回答我的问题。

我无力地放下摄像机，停止了拍摄。

已经是上午8点多——

从喝下混有安眠药的红酒算起，时间即将过去40分钟。

现在，我正对着笔记本电脑创作这部作品。我似乎还能趁着意识清醒之际写完最后的字句。

七绪依然没有端起酒杯。

可我相信。

她会喝下眼前的红酒，追随我而去……

我将与她再会黄泉……

以上就是若桥吴成写下的纪实报告全文。

2010年3月5日，下午1点30分。

距离退房时间过去了2个多小时，若桥却没有现身归还钥匙。管理员（报告里用的是"伊藤"这个化名）打电话过去也始终无人接听。察觉不对劲的管理员赶到别墅，看到了存有稿件的笔记本电脑与一具遗体。

管理员当即报警，事件由此为公众所知。

在别墅里发现的遗体——

死者不是若桥。被人发现的遗体是一名女性。
在此援引当时新闻报道的部分内容。

山梨县某别墅内发现一具女性遗体

　　昨天下午1点左右，山梨县××町某栋租赁别墅房间内发现一名女性遗体。目击者是租赁别墅的管理员，房间里除了该名女性的遗体外，还有一名意识不清、倒在地上的男性。女性的身份尚未明确，男性在房间内吞服了大量安眠药，似乎意图自杀。警方判断男性应与该起事件相关，将在男性恢复意识后提起讯问。

　　　　　　　　　　（2010年3月6日 山梨甲信新报）

纪实报告男作家遭逮捕·山梨·杀女事件

　　本月5日，针对山梨县某栋租赁别墅内发现女性遗体一事，警方以涉嫌杀人及弃尸为由逮捕了同在别墅房间里的男性纪实报告作家。该男子在室内吞下大量安眠药，意图自杀，但在数小时后恢复意识，承认了犯罪事实。根据男子供述，死者为定居在茨城县的××（新藤七绪的本名）女士（34岁）。去年，男子因采访结识××女士，约两个月前搬进被害者位于茨城县H市的宅邸，与被害者同居。遗体被发现时，被害者已死亡数日，男子供述了自己在被害者家中实施杀人行为的事实。目前，调查组正在调查杀人动机，还原事件全貌。

（2010年3月8日 山梨甲信新报）

别墅的遗体·或与曾经的殉情事件有渊源

山梨县别墅惊现女性遗体事件中，被害女性××女士（34岁）曾于2002年10月与纪录片导演熊切敏实施殉情。

当时，××女士在熊切掌舵的公司就职，与熊切存在婚外恋关系。两人服下了大量安眠药，熊切其后死亡，××女士则保住了性命。警方正在联系当年的殉情事件，调查本次事件详情。

（2010年3月8日 山梨中央时代）

纪实报告男作家将接受精神鉴定

本报经采访获知，就纪实报告男作家杀害同居女性一事，辩护律师已向山梨县地方法院申请对嫌疑人实施精神鉴定。辩护律师指出，男子犯案时显然存在精神障碍，很可能丧失了判断能力，因此提出本次申请。山梨县地方法院接受了申请，将对男子实施精神鉴定。

（2010年4月7日 山梨甲信新报）

神汤的刺客

以山梨县当地报社为主，各家新闻报社都报道了若桥吴成（当事人为创作这部纪实报告起的笔名）杀害原纪录片创作者熊切敏情人（报告中用的是化名"新藤七绪"）的事件。

若桥创作的纪实报告原定刊载在综合月刊杂志上，该杂志编辑部经讨论，搁置了刊载计划。在此引用该杂志在编辑后记中表明终止刊载意向的记述。

致歉声明

我们在上月公布了熊切敏殉情事件相关纪实报告的刊载计划，该计划将暂时搁置。

理由是，原定刊载的报告，在采访过程中致使一条宝贵的生命就此逝去。

报告作者也在采访过程中陷入明显的精神障碍。我们认为，从作为纪实作品刊载见报的角度出发来看，报道并未正确记述事实。

为免同样的情况再度发生，我们将严肃对待此事，在此对亡故的××女士致以衷心的哀悼与祈福。

2010 年 3 月 25 日
编辑部

出版禁止

参考文献

涉井哲也：《网络殉情》，日本放送协会。
小林恭二：《殉情邀请函》，文艺春秋出版社。
猪濑直树：《太宰治传》，文艺春秋出版社。

值《神汤的刺客》出版之际

长江俊和

出版禁止

2010年5月，我初次阅读了《神汤的刺客》这部被禁止刊载的纪实作品原稿。

正如我在序言里所说，那个时候，我惊叹于这部纪实作品的特殊之处，殷切期盼着促成它的面世。

但横亘在眼前的困难绝对不容小觑。

涉嫌故意杀人罪及遗弃尸体罪的若桥吴成被拘留看押，法院正就其是否具备刑事责任能力展开审理调查。与进入公审程序的案件有所关联的书籍如若出版，可能在很大程度上影响判决结果，因此可以想见，获得当事者的同意是一件极其困难的事情。

并且，这部纪实报告里还有很多尚未解开的疑问。

事件发生之初，新闻报道做过如此表述。

　　　遗体被发现时，被害者已死亡数日，男子供述了自己在被害者家中实施杀人行为的事实。

　　　　　　　　　（2010年3月8日 山梨甲信新报）

新藤七绪（化名）的遇害地点并不是山梨县的别墅。若

值《神汤的刺客》出版之际

桥早在被害者位于茨城县的家中犯下罪行。也就是说，他与已经死亡的七绪女士共同生活了数日。这是怎么回事呢？

还有一个最大的疑点，那便是动机。

若桥究竟为何杀害了她？纪实报告就不说了，连报刊上的报道里都找不到他的杀人动机（当然，报道本次若桥事件的主力只有发现遗体的现场，即山梨县的当地报社，全国性报社基本没有大力报道这起事件）。

就出版而言，这几个疑点也是很大的问题点。如果事件全貌随着公审的推进水落石出，这些问题大概就能得到解决吧。这么想着，我就打算密切关注案件的审理进展。

就在这个时候，意外发生了。

在事件公之于众的2010年6月24日凌晨，拘留中的若桥用身上的衣服上吊自杀，被发现时已经死亡。据闻，他没有留下遗书之类的东西，不过警方根据现场情形，判定他是自杀身亡。由于嫌疑人死亡，控告若桥的案件并未开庭便终止了审理。

审理终止，出版作品的难度因此降低了几分，然而上述疑点无一得以真相大白。

难道就没有什么办法揭开若桥犯案的全貌吗？我决定调查真相。可没有任何一家周刊杂志或小报报道过这起事件，若桥自杀的报道也只占了报纸版面的小小一角。我试着找原定刊载那部纪实报告的综合月刊杂志的编辑部了解情况，对方表示不清楚个中详情。想来是因为那部纪实报告牵涉了致人死亡的隐情，他们不太希望被人提及吧。

出版禁止

我还联系了负责调查案件的警官和替若桥辩护的司法相关人士，但他们都以有保密义务为由拒绝了我的采访。

咨询媒体人士或许可以掌握一些情况。想到这里，我决定通过联系熟人，寻找跟踪过这起事件的记者。

最终的结果不尽如人意。

从7年前的殉情事件中生还下来的女性情人遭人杀害……我本以为这起事件足以引得媒体蜂拥而上，可相关的报道寥寥无几，找到直接采访过这起事件的记者并非易事，我失败了。

不过，我还是从多少了解一些内情的媒体朋友那里得到了若干没有报道出来的信息。

首先基于推断的死者死亡时间和若桥本人的供述可以判定，案发时间是2010年2月20日凌晨。事件败露于次月5日，也就是说，遗体被发现时，距离死亡时间已经过去了两个星期。

我又进而得知，接受警方审讯时，若桥声称"七绪没死，她常常和我聊天"。换言之，他杀了人后依然相信被害者还活着，并与其遗体共同生活了两个星期。

报告里写的，七绪与若桥奔赴殉情的恋情，是若桥精神错乱下萌发的幻想吗？

然而，在接受警方审讯的过程中，他对综合月刊杂志在致歉声明里提到的字句"从作为纪实作品刊载见报的角度出发来看，报道并未正确记述事实"表示强烈反对。

他的供述如下——

值《神汤的刺客》出版之际

> 我绝对没疯。我的大脑经常可以听到七绪的声音。
> 认为我的报告"未正确记述事实"的观点犯了重大错误。
> 报告里根本没有不正确的表述,没有任何虚构。

我没疯……如果精神真的出了问题,他应该也会这么说吧。可我听了他的供述,不知怎么,竟然能够接受他的说法。

因为新闻报道里用的"精神障碍"一词令我感到些许怪异。但凡看过报告就会发现,若桥始终思路清晰地推进采访,走近熊切敏殉情事件的真相。他究竟为何,又是什么时候陷入了"精神障碍"呢?

如供述所说,他没有"发疯"杀了新藤七绪……我想,若桥应该有其他什么非杀她不可的动机吧?那真正的动机是什么?面对这个问题,我实在百思不得其解。

还有一点,在审讯过程中,若桥说了这么一句意味深长的话。

> 我在报告里恶作剧似的布置了几个陷阱。

听了他的供述,我有一种受了戏弄的感觉。

报告里的"陷阱"究竟指的是什么?里面还隐藏着其他什么秘密吗?

我拿起稿子,准备重读他写的纪实报告。然而只看一两遍,我根本没能发现类似陷阱的地方。

于是,我试着稍稍转换了着眼点。

从被害者的死亡推断时间来看，犯案时间是"2010年2月20日凌晨"。我着重看了那天的记录。

2月20日，距离若桥开始在她家生活已经过去了20天左右。报告里记录了她因病情剧烈发作饱受折磨的模样，以及若桥奋力安抚的心路历程。

我着重看了那天的记录。

我没有一下子找出不对劲的地方，不过在一遍遍审慎细读的过程中，我终于发现了类似若桥所说的"陷阱"。

在此引用相关内容。

7年过去了，来自熊切的束缚依然犹如附骨之疽。

悲戚的殉情末路。

我不愿见她这副模样……可我不能故意视而不见。

呕吐物的臭味弥漫了整个房间。我忍住想吐的感觉，用力环抱住她。七绪呼吸急促，万分痛苦，眼角也在抽搐。我想减轻她的痛苦，可我唯一能做的只有不断祈祷她的痛苦可以早些过去。

她在我怀里挣扎了一会儿，最后止住动作，缓缓闭上眼睛。

她的痛苦似乎结束了。

我深深凝望怀中的她。

微微颤抖的青紫嘴唇，粘在皮肤上的凌乱黑发，苍白的脸。

值《神汤的刺客》出版之际

> 我无法从这张脸上移开目光。
>
> 因为我无限怜爱七绪。我已确信,对我来说,她是一个无可替代的女人。我比任何人都更加爱她……
>
> 我们滚倒在被子上,如同初次交欢时那般……我轻轻吻上她被呕吐物浸湿、血色全无的嘴唇。
>
> 可她没有回应我的亲吻……
>
> 她只是继续闭着眼睛。
>
> (摘自2010年2月20日的记录)

就在这一天,若桥杀害了七绪。基于这一事实阅读以上叙述,我的感受与第一次读的时候全然不同。

> 用力环抱住她。七绪呼吸急促,万分痛苦,眼角也在抽搐。……她在我怀里挣扎了一会儿,最后止住动作,缓缓闭上眼睛。

我本以为这几句描写的是若桥试图平息七绪病发时痛苦的行为,但它实际上也可以被理解为若桥掐死七绪的过程。

不过,引起我注意的并不是这个地方,还有更为清晰的表述。当天的记录里明确陈述了若桥杀害七绪的事实。

此处再次引用相关内容。

> 我无法从这张脸上移开目光。
>
> 因为我无限怜爱七绪。我已确信,对我来说,她是

一个无可替代的女人。我比任何人都更加爱她……

　　　　我们滚倒在被子上，如同初次交欢时那般……我轻轻吻上她被呕吐物浸湿、血色全无的嘴唇。

　　　　可她没有回应我的亲吻……

　　　　她只是继续闭着眼睛。

　　各位看出来了吗？

　　第一次看的时候，我毫无所觉。

　　若桥表达得很清楚，没有含糊其词。

　　"我杀了七绪"。

　　这就是供述里提到的，恶作剧一般的"陷阱"吗？

　　若桥说，他布置了"几个陷阱"。这是不是意味着报告里还隐藏着几处类似的处理手法呢？或许，仔细挖出那些陷阱，就能看清事件的全貌。

　　这么想着，我决定再从头看一遍纪实报告。他藏匿的陷阱必定被安插在某些地方。我瞪大眼，逐字逐句地搜寻。然而遗憾的是，重复看了不知多少遍，我却还是没有找到可疑之处。

　　我反倒在一遍遍重看的过程中产生了新的疑问。

　　若桥在杀害七绪后，与她的尸体共度了将近两个星期。

　　可在犯案日期之后，即2月20日后的记录里还存在这样的描述——如2月23日，两人一起到海滨公园散步；3月4日，若桥让七绪坐在副驾上，从茨城县开到了山梨县。

值《神汤的刺客》出版之际

带着尸体走到公园那种众目睽睽的地方,把尸体放在副驾,开车上公路,这些举动都非常惹眼……

这些描述也是若桥的幻想吗?

若桥说过,自己的大脑经常听到七绪的声音。将他与七绪的这些行为解释为若桥的大脑生出的幻觉应该比较合理吧?

可他如此断言道,纪实报告里"根本没有不正确的表述,没有任何虚构"。

假设他的供述是真的……如果那部纪实报告如实记录了事实……那若桥究竟是怎么带着尸体走路的呢?

我越发不得其解了。若桥杀害七绪的动机是什么?他为什么要特意在报告里"恶作剧似的"设下奇妙的陷阱?

可如今若桥已死,审理终结,再想获取更多线索并非易事。找出答案应该是一项极其困难的工程。

2010年9月某日——

我来到了山梨县。

经在电视台工作的朋友介绍,我约到了曾经直接采访过这起事件的当地电视台新闻记者。

我在位于甲府市内的电视台大楼一层的咖啡吧和那人碰了面。

朋友介绍的这名记者看着挺沉稳,年纪在30到35之间,

出版禁止

听说去年因人事调动,被分配到了广播电视台。我答应了他不透露真实姓名的条件,从他那里得知了很多事情。

这位新闻记者半年前听闻事件被爆出后,觉得自己遇上了调到广播电视台以来的一桩大新闻,于是奔赴别墅的遗体现场。自那天起,他对事件深感兴趣,找目击者和相关警察打听消息,独自做了很多调查。

然而事件被爆出数日后,台里的领导下令停止采访,没有就此给出足够充分的缘由。看来,这起事件几乎未被全国性报社报道,其背后似乎是有某人授意。

他说采访视频和资料已经是没用的废品,就都给了我。对领导毫无理由就终止采访一事,他似乎心怀愤懑。

从他给的资料里,我得到了一些新的信息。

· 加害者的本名叫××(效仿其他报道,暂不透露本名)。被逮捕时是35岁。富山县人。

· 大学毕业后,他先在东京的出版制作公司工作了一段时间,20多岁时独立出来,做了写纪实报告的自由作家。有段时间,他患上重病,暂时停了笔,不过几年前又开始重操旧业。

· 近年来,他工作不顺,接了些替征信所做调查之类的活维持生计。

· 他没有兄弟姐妹,父母也已离世,富山有远亲。

他过去也没有犯罪记录。这样的人究竟为何会犯下杀害

值《神汤的刺客》出版之际

受访对象，还与其尸体共处两个星期的离奇罪行？

我把这个疑问抛给那名新闻记者。

"犯罪动机吗？接受警方审讯时，他供述说自己是出于希望受病痛折磨的被害者'尽早解脱'的怜悯之情而杀了对方。然而他犯案后的一连串举动却实在让人难以理解。"

"警方有联系熊切敏殉情事件再度展开调查吗？"

"一开始，警方注意到了若桥调查的7年前的熊切敏殉情事件与本次事件的关联。但他们似乎没有再度调查熊切事件。熊切事件的两名当事人均已死亡，他们应该是觉得即便重启调查也很难找到证据吧。"

若桥在别墅对着七绪的遗体积极揭秘的殉情伪造论——
真相最终依然扑朔迷离。

新藤七绪真如若桥推测的那般，伪造殉情的假象，杀害了熊切敏吗？如果这就是事实，她又是出于什么想法接受若桥的采访，还和他走到了同居那一步呢？

她对若桥的爱是发自本心，没有虚伪的成分吗？还是她其实别有用心？她本不欲重提熊切事件，为什么又会接受追踪真相的若桥？

当事人已经离世，我无法探明她的所思所想。

我与那名记者聊起这个话题，他给了我一份资料，说或许能够起到作用。

"这是在案发现场，也就是被害者家中发现的东西。我从搜查人员那里复制过来的。"

他给我的是在两张素色便笺上用规规矩矩的字体写成的

出版禁止

手写信复印件。

记者告诉我,信是在搜查七绪家的时候,从卧室桌子的抽屉里找到的。

笔迹鉴定的结果显示,这是新藤七绪的亲笔信。据说便笺上没有提取到若桥的指纹。

在此引用信件全文。

我本来没有写日记的习惯,这次突然想提笔写下这篇日记。我写这个不是特意想着给谁看,万一有人看到了,还请包涵我一塌糊涂的文笔和字迹。

3年前母亲去世后,我的身体一天不如一天。有时候甚至早上起不来,整天躺在床上,也几乎不吃任何东西。我去医院看了不知多少次,最后还是没找到健康不良的原因。

有时我会想,我的生命也许将这样走到尽头。如果痛苦还要像这样一直延续下去,倒不如死了来得轻松。不远的将来,我肯定已不在世上,只是不知会以何种形式。

不过我自知,这也是没有办法的事。毕竟种下恶果的人是我自己。毕竟7年前的那天,我背离人道,做出了可怕的事情。

我绝无悔恨。即便到现在,我依然相信自己做得没错。所以,就算哪天横尸街头,我也不会怨恨神明。

话虽如此,要是问我是否真的对这个世界了无牵挂,回答"是"就是在撒谎。

值《神汤的刺客》出版之际

因为,如今我有了对我来说很重要的人。

一开始,我害怕自己的罪行败露,强硬地拒绝了那人的请求。然而某一刻,我害怕他可能会追查到对我恩重如山的人身上,于是决定同意那人的请求。

是的,我决定与那人接触的动机不纯,我是想阻止自己的罪行遭到败露。

然而……在一次次见面的过程中,我萌生了不可思议的感情。原本停滞了7年的时间……似乎又开始转动起来了。

一道光照进了我黑暗紧闭的心。在和那人共度的时光里,遗忘在远方的"希望"复苏了。

我们开始共同生活,我产生了这样的想法。

我想和他一起活着,生儿育女,白头偕老……

当然,我深知像我这样背离人道的女人,甚至没有资格憧憬这些。

可是……

这果然是无法实现的美梦吧。

对于生命终结这件事,我没有任何怨言,唯独在引导我与那人相遇这件事上,我深深地怨恨神明。

如果没有和他相遇,我本可以了无牵挂地去往另一个世界……

2010 年 2 月 16 日
××(新藤七绪的本名)

在信里，新藤七绪似乎已经感觉到自己死期将近。

值得一提的是，信里的部分内容似乎暗指是她杀害了熊切，以及她对若桥抱有深厚的爱恋之情。

她对若桥的感情是真的——

从信里的内容来看，七绪为自己犯下的可怕罪行感到痛苦。为揭露这份罪行，若桥出现在她眼前。大概对七绪而言，若桥宛如将她从罪行的折磨中解救出来的救世主，她于是为他沦陷了吧。

那若桥是怎么想的呢？他在纪实报告中吐露了对七绪的感受。

对熊切强烈的嫉妒控制了我全身上下。

身体与心都快被嫉妒的烈焰烧焦。

我爱七绪爱到发狂。

写在报告里的爱意如此狂热。他的感情是真的吗？如果他也爱七绪"爱到发狂"，为何又要杀了自己爱的人呢？

我就此询问那名记者的看法，他给了我这样的回答。

"是啊。××（若桥的本名）为什么杀了自己爱的人呢？这一点我也不太明白。他怎么说也是媒体行业的一员吧。如果知晓了她的罪行，难道不该让她在社会上赎罪吗？可他光是杀人还不够，竟还做出那种荒谬的事来。"

我抬起垂落的视线。

"……荒谬的事……是指什么？"

值《神汤的刺客》出版之际

记者的表情瞬间凝固。我窥探着他的神色，他却没有回答的意思，我于是继续追问下去。

"还发生过什么事吗？"

"……您难道没听说吗？"

记者重重叹出一口气。

"我还以为长江先生您肯定知道那件事呢。"

"请告诉我吧。荒谬的事……是指什么？"

记者神色严峻地陷入了沉思。时间过去了一阵。

"好吧。您这边请。"

他说完就拿着小票起身，请我跟着他走。

走出咖啡吧，记者带我进了位于电视台大楼三层的会议室。这是一间可以容纳五六个人的小会议室。

"请您在这里稍候。"

他说完，顶着僵硬的表情离开了会议室。

大约10分钟后，记者腋下夹着台笔记木电脑回到会议室。

他在我旁边坐下，打开电脑，面色奇异地说："我觉得要解释他的行为，最快的方式就是看保存在这里面的视频……事先声明，视频非常有冲击力。您可以吗？"

"嗯，当然没问题……顺便问下，是什么样的内容呢？"

听我说完，记者略做思考，然后说："总之，看完就知道了。"

"是吗？好的。那让我看看吧。"

记者沉默地点点头，把电脑屏幕转到我面前，打开了一

出版禁止

个保存在里面的视频文件。

视频开始播放。

   山间小屋风格的起居室——
   画面中空无一人。
   摄像机移动起来,周围的景象进入画面。
   圆木裸露在外的墙壁。房间角落里摆了台柴火炉,中间是一套藤编沙发。起居室隔壁能看到摆了木质大餐桌的餐厅。
   是上演了那两起事件的别墅。
   监视屏右侧显示的日期是"2010/3/4 16:××",七绪的遗体被发现的前一天。

  纪实报告里提到过,若桥抵达别墅后立刻试用了摄像机,看它能否正常工作。这应该就是当时拍下的视频吧。

   原本在拍起居室景象的摄影机渐渐靠近房间中央的沙发。
   画面里出现藤编双人座沙发与玻璃桌。镜头推向放在沙发上,宽约四五十厘米的黑色旅行包。
   摄像机俯拍着旅行包。
   拍摄者的手从画面左侧入镜,手指放到拉链头上。
   拉链头滑动,旅行包被缓缓拉开。
   完全拉开后,包里的东西显露出来。

值《神汤的刺客》出版之际

我不由得从电脑屏幕上挪开视线。
旅行包里露出来的……

是女人的脸。
她被人戴上了"浅红色的针织帽",皮肤变成紫红色,意识已从浑浊的眼球消散。

我难以持续直视这幅画面。然而透过拉链看到的那张脸已经深深刻印进我的脑海里。

回到东京后,在山梨县看到的那段影像依然盘桓在我脑海里。
视频还有后续。
纪实报告里提到,喝下混有安眠药的红酒后,若桥对七绪进行了最后一次采访。
采访全程也都被保存在记者电脑上的视频文件里。

她被挪出旅行包,放到餐桌上。
脖子以下空空如也。
拍摄者若桥的声音自画面外传来。
若桥对口不能言的她接连抛出疑问,甚至时而出声附和自己。

出版禁止

不忍直视的惨烈光景——

持续了将近20分钟。

根据新闻记者的说法，这段视频是从搜查人员那里复制过来的，原本计划作为证据提交给法庭。

若桥用惨无人道的手法处理了尸体。

得知了这一事实，我惊愕无比。

在目睹视频内容受到的冲击之下，我一时间无法冷静思考这起事件。但清楚了遗体的情况，又从新闻记者那里得到了珍贵的资料，我就尽力整理了自己的思绪。

首先遗体的状态解开了"犯案后，若桥究竟是怎么带着七绪的遗体走路的"这一疑点。

若桥拍摄的视频显示，七绪的头部被装在旅行包里。

我想，他在携带遗体外出时，通常都把遗体装在那个包里。如此一来，他就可以在不引人注意的情况下走去公园，把七绪放在副驾上，开车转移地点也有了可行性。

细读报告，我发现里面提到去往公园的时候，若桥是带了包的（2月23日）。抵达别墅，下车的时候，报告里也有从座位上拿下旅行包的表述（3月4日）。

此外还有一点。在得知遭杀害后的遗体处于何种状态后重读纪实报告，我有了新的发现。

我找到了若桥隐藏在纪实报告里的另一个"陷阱"。

以下是新藤七绪被害两天后的记录。

值《神汤的刺客》出版之际

七绪似乎不会恢复了。我留她在家,自己出门去附近的超市买东西。除了食材,我还需要买缺少的生活用品。

我走到生活必需品售卖区,买了垃圾袋、厨房用的海绵刷、除臭剂等等。

书籍售卖区有首都圈地图,我买了一本,因为七绪的车上没装导航。

（摘自 2010 年 2 月 22 日的记录）

这个地方与我最开始留意到的陷阱采用了同样的表述手法。

在这篇记录里,若桥清晰地叙述了七绪的状态。

如果各位没看明白,可在阅读时着重关注摘录的文章开头。

基丁遗体的此番模样再去浏览后文,脑海里就会描绘出与初次阅读时迥然不同的景象。

买完东西,我回到家。

我走进厨房,拉开门,告诉七绪"今天的晚餐我做"。我从超市的购物袋里拿出买来的豆腐,放进冰箱,从冰箱的蔬菜区拿出白菜、茼蒿、舞茸之类的蔬菜摆到对面的料理台上。

切好菜,我从冰箱里拿出事先切好块的鸡胸肉和鸡

出版禁止

腿肉，开始做烹饪准备。今天，我打算做七绪之前做过的火锅。身后的七绪面朝向我，像要见识见识我的水平一样。

30分钟后，准备工作完毕——

我牵起七绪的手走向客厅。

我在盛着乳白色汤水的陶锅里放入切好的蔬菜和肉块。陶锅里的汤是昨晚专程熬煮出来的骨汤，我心里拿不准，不知道能不能做出像七绪做的那样的好味道。

肉煮到不软不硬，正是最好入口的时候。我立刻尝了尝煮至淡红色的鸡胸肉。肉的甘美滋味溢满整个口腔，味道挺不错的。

可七绪根本没有动筷。

她还是不舒服吗？脸色也不好，我很担心。

（摘自2010年2月22日的记录）

如果恶心到了您，我在此深表歉意。

而现实中，若桥杀人后，就是如此惨无人道地处理了七绪的尸体。之所以给他做精神鉴定，应该也是因为发生了这种事吧。

若桥的罪行脱离了常规。

他犯下杀人的罪行，是因为精神出了问题吗？

可我依然怎么都无法全然释怀。

他究竟为什么要花费心思，在纪实报告里隐藏"陷阱"？他又为什么杀了七绪不说，还要对她的遗体施以如此残酷的

值《神汤的刺客》出版之际

处理手法？

我还有其他疑问。

警方在杀人现场发现了七绪的信。七绪在信中坦陈，自己尽管背负着可怕的罪行，却还是被若桥吸引。

那若桥呢？

他在纪实报告里吐露了自己对七绪的真情，说自己"爱到发狂"。这份感情是真的吗？

接受警方审讯时，若桥如此明言："报告里根本没有不正确的表述，没有任何虚构。"

如此看来，对七绪的"疯狂"爱意"没有任何虚构"。

那么，若桥究竟为何杀了深爱的七绪呢？他又为何对她的遗体施加了令人不忍直视的处理手法呢？

是因为若桥也像过去的日本人那样，被殉情的心魔俘获，堕入了疯狂的爱吗？

还是说，他的罪行背后还潜藏着我尚未窥见的黑暗内幕？

答案只能去问已赴黄泉的若桥了。

距离我初次读到《神汤的刺客》已过去了4年多。

一度无法刊载的作品得以出版，离不开众多相关人士的大力支持。

虽然无法透露真实姓名，但若桥吴成的亲属对我给予了理解，很大程度上推动了本书的出版。在此深表谢意。

出版禁止

另外，我还要大力感谢新潮社的新井久幸、堀口晴正、大庭大作，是他们让难以出版的本书最终得以出版。

★追记1

2010年12月27日凌晨3时许，东京都大田区大井码头附近发生一起事故，一辆小汽车猛烈撞向附近道路的隔墙，开车的女性当场死亡。死者是女演员永津佐和子。

法医从永津的遗体中检测出大量酒精，事故现场也未发现踩过刹车的痕迹，警方据此判断事故为酒驾致死，不涉及犯罪性质，就此停止调查。

★追记2

我为就出版事宜征得同意造访富山县时，蒙若桥遗属的好意，拿到了若桥的一些遗物。

遗物是拘留所在他死后返还的几件物品。其中有一本他在被拘留时用过的笔记本。

那是本简洁的B5开学生笔记本。

绝大部分的页面上都一片空白，什么也没写。我只在一页纸上看到了应为若桥亲笔写下的记述。

日期写的是2010年6月23日，若桥自杀的前一天。

我认为这是若桥真正意义上的"遗书"，也是纪实报告真正的终章，最终决定披露全文。

值《神汤的刺客》出版之际

📝 2010年6月23日（星期三）

现代已不存在古时的"心中"了吗？

内心绝非肉眼所能见。结束彼此的生命，由此证明亘古不变的爱……这样的"心中"行为已经灭绝，隐匿到幻想与童话世界里去了吗？

不会的。

如今的世道上，以死守约……这样的爱依然存在。

而终极的快乐就等候在誓约的尽头。

尽管只有短短一个月，但与七绪共同度过的日子就是我人生中幸福至极的时光。

因此我纠结过。

勒住她脖子的时候，激发我的不是使命感，而是希望让受病痛折磨的七绪早日"解脱"的强烈念头。那个时候……她因猛烈发作的病痛难受的时候……确实对我这样倾诉过："快杀了我。"

醒悟过来时才发觉，我爱她爱得身心俱焚。从这个意义上说，我对七绪的爱已经"疯狂"了吧。

我发现自己在采访过程中犯了大错，被迫领悟了自己的宿命。

虽然如委托者所愿完成了我的职责……

不知不觉间，我已堕入其中。

生还已无可能。

我想早日见到她——

出版禁止

新藤七绪。

我似乎丧失了作为神汤的刺客的资格。

若桥吴成

ard
《神汤的刺客》文库版后记

长江俊和

出版禁止

以下内容涉及事件的真相，因此请各位先看完前文再行阅读。

本书作为单行本出版面世已有 2 年多。如文中所言，本书的出版经历了一段可以称之为"难产"的艰难路程。也因如此，当看到读者们给予的众多反馈时，我感慨颇深。

拿到若桥的原稿是在 2010 年春末。自那天起，我就被这部纪实报告深深吸引，不过一开始，我并没有产生无论如何都要促成这本书"面世"的想法。硬要说点什么的话，就是我想了解真相，想弄清楚无法从报告中得知的事件全貌，仅此而已。然而等回过神来的时候，我已经为出版《神汤的刺客》四处奔走。最终，这本书得以于 2014 年 8 月出版单行本，这次又发售了文库版。说起来，若桥在《神汤的刺客》中曾这样写道：

> 这部作品的内容若是太过极端，可能就会遭遇其他力量干涉，由此搁置刊载……可这次，即便未能刊载，待我死后，这部作品应该也会以其他什么形式面世。

（摘自 2010 年 3 月 4 日的记录）

《神汤的刺客》文库版后记

如今想来,我有些毛骨悚然。若桥已不在人世,我却有种好像被他玩弄于股掌之间的感觉。

我大概一辈子也忘不了在山梨县的电视台看若桥拍摄的视频画面那天。笔记本电脑的屏幕上映出了被害女性的凄惨模样。基于被害者的角度出发,我没有写出具体的情形,但那幅画面惨烈地刻进了我的脑海里。只看纪实报告根本想象不到她竟会变成那副模样,我因此被打了个措手不及。由于场面太过可怕,我甚至想过不再与那本书扯上关系。

当时我真的感到毛骨悚然,不过事后仔细回想,我留意到了一件事。那就是无论熊切事件还是若桥事件都没有爆出任何"新藤七绪"的照片。所以,那是我第一次看到"新藤七绪"。去除恐怖的滤镜回忆那个画面,一张眉目清秀的端庄脸庞便在我脑中复苏。尽管死亡数日,那张脸上依然有着生前的影子,大概是源于若桥每天的细心保养吧。

《神汤的刺客》出版后,我收到了许多意见和感想,其中有很多疑问是"若桥为什么要那样处理七绪的遗体",以及"为什么要在纪实报告里布置恶作剧一般的'陷阱'"。我自己在从若桥遗留的笔记本里找到那篇"最后的日记"时,感觉疑问涣然冰释,因此停了笔,没有特意添加注释,就是这样。我认为《神汤的刺客》里已经写下了关于这些疑问的全部答案。

话虽如此,这毕竟是一桩现实发生的事件,我不能以我个人的见解妄加断定。因此,在此引用若桥自杀前写的日记里的部分内容。就是这些内容让我找到了前文所述疑问的

出版禁止

答案。

  我发现自己在采访过程中犯了大错，被迫领悟了自己的宿命。
  虽然如委托者所愿完成了我的职责……
  不知不觉间，我已堕入其中。
  生还已无可能。
  （摘自2010年6月23日的记录，着重号为笔者添加）

  请留意标了着重号的部分。"生还"意味着什么呢？他原本打算从殉情事件中生还……就像新藤七绪那样。

  要想得出若桥一系列行为的答案，有一点非常重要。那就是，《神汤的刺客》这部纪实报告究竟是为何而写的。若桥究竟为什么要与新藤七绪的遗体共处，宛如她还活着一般，并详细叙述了这件事呢？他又为什么在报告里布下恶作剧一般的"陷阱"呢？如果留下《神汤的刺客》一作，以惨无人道的方式处理尸体，都是为了让自己"生还"的话……是的，他并没有脱离常规。他所做的一切都是为了从殉情中生还……

  我不打算再继续深究下去。如今若桥已不在人世，没有任何方法可以证明我的想法是否正确。不过，至少他未能生还是无可辩驳的事实。"生还已无可能"。他最终没能抵抗过殉情这只心魔。

《神汤的刺客》文库版后记

本书就此告终。如果有遗属或相关人员看了本书后心情恶劣，在此衷心致歉。这也是我最后一次讲述这起事件，就此搁笔。

2016 年 12 月 20 日
长江俊和